温柔以待

刘爱君 著

齐鲁书社
· 济南 ·

图书在版编目（CIP）数据

温柔以待 / 刘爱君著. -- 济南 : 齐鲁书社,
2024.4
ISBN 978-7-5333-4873-1

Ⅰ. ①温… Ⅱ. ①刘… Ⅲ. ①散文集 – 中国 – 当代
Ⅳ. ①I267

中国国家版本馆CIP数据核字(2024)第068863号

责任编辑　许允龙
装帧设计　亓旭欣

温柔以待
刘爱君　著

主管单位	山东出版传媒股份有限公司
出版发行	齐鲁书社
社　　址	济南市市中区舜耕路517号
邮　　编	250003
网　　址	www.qlss.com.cn
电子邮箱	qilupress@126.com
营销中心	（0531）82098521　82098519　82098517
印　　刷	日照日报印务中心
开　　本	720mm × 1020mm　1/16
印　　张	12.5
插　　页	2
字　　数	159千
版　　次	2024年4月第1版
印　　次	2024年4月第1次印刷
标准书号	ISBN 978-7-5333-4873-1
定　　价	30.00元

序　言

散文是易写难工的文体，创作队伍庞大，写作主题多元，散文园地乍看起来繁茂丰饶，但如果细细探访，就会发现乏善可陈与陈陈相因者居多。数年前，一位散文作家曾谈道："写自然风光的，往往卖的是导游图。写思想哲理的，往往上的是政治课。写历史文化的，往往开的是文史馆。写日常生活的，往往记的是流水账。而写时代现实的，往往喊的是大口号。"几年过去，这一态势并无多少改变。造成这种现象的原因也很简单：其一是很多写作者背离了"修辞立其诚"的初衷，语言夸饰，情感浮泛；其二是一些作者缺乏散文写作必要的人文素养和杂学趣味，走马观花，有闻必录，导致文章过于浅易或随性而没有余味；其三是不讲究语言，虽说散文文无定法，但散文大家无一不注重语言的美感、精警与张力。我想，对此刘爱君先生一定也是有体会的，因为他的散文集《温柔以待》正是一部回到散文"常道"的佳作，情感真挚，直指人心，语言雅正洗练，文体清健有古气，知识与趣味均衡，读来令人时有回甘。

《温柔以待》大致以题材分为“远山近水”“南窗夜咏”“温情脉脉”三辑。“远山近水”收录的是记游之作，既有岳阳楼、泰山、五台山等名川名胜，亦有雪野湖、鲍山、锦阳关、曾堤等泉城风景，作者对此等量齐观，而且写济南景致还分外洋溢着馥郁的乡情。“远山近水”好在哪？好在作者写地理，亦写人文，写人文不堆砌资料，亦不作耳实之谈，而是处处有个人之兴会与思考，恰如孙犁所言：“游记之作，固不在其游，而在其思。有所思，文章能为山河增色，无所思，山河不能救助文字。作者之修养抱负，于山河于文字，皆为第一义，既重且要。”比如《遥远的“白雪楼”》一篇，由趵突泉景区中的白雪楼起笔，追溯济南历史上的三座“白雪楼”，将李攀龙和叶梦熊筑楼的掌故娓娓道来；并引入李攀龙颠沛的身世，抒发“楼”犹如此，人何以堪之慨，可谓意致深婉；落笔则写个人期待，“遍览天下名胜大观，凡是能雄视万代驰名天下的，无不占尽了种种优势”，若鲍山顶上、小清河岸边能耸立一座“气韵超绝”的高楼，“登兹楼以四望”，与万物彼我相尽，定是人间乐事。此文用事感怀一气呵成，关于“白雪楼”和李攀龙各种知识性的引入与作者个人感思的盘旋转进相得益彰，确能体现作者的修养抱负。

“南窗夜咏”辑录的篇什或者品读前贤诗文、或者摭拾民俗文化、或者漫谈故乡风物、或者重温古人风采，最能体现作者的杂学素养。写散文者最应谨记孔夫子“多识于鸟兽草木之名”的训导，钱穆在《论语新解》中对此有一解，“学于《诗》，对天地间鸟兽草木之名能多熟识，此小言之。若大言之，则俯仰之间，万物一体，鸢飞鱼跃，道无不在，可以渐跻于化境，岂止多识其名而已。孔子教人多识于鸟兽草木之名者，乃所以广大其心，导达其仁。《诗》教本于性情，不徒务于多识”。钱穆由物及心，正道出了“多识”与“文学”链接的机缘。当然，散文要真正彰显作者“杂学”的旨趣，还要避免刻意的罗列，要在名物之外点染出温厚的性情和世情来。比如辑中的《腊月，说豆腐》，读来就令人不忍释手，文章从腊月忙年拉杂写起，将豆腐的来历、古今关于豆腐的诗文如东坡之《蜜酒歌》、谈迁所著《枣林杂俎》、朱自清的散文《冬天》等，与一家人围炉吃豆腐的温馨场景冶于一炉，放得开，收得拢，既表达了对平凡生活细琐的关切和对旧时光的怀恋，也体现了一种将日常物用知识化和审美化的追求。

“温情脉脉”是整个集子中个人性最强的一辑，收录的多是作者怀念故人和感悟生命的作品，这些作品恰如其名，皆温情凝贮，多用低语或晤谈的笔风，读来让人觉得悠然亲切。如《天凉好个秋》写的是与朋友老单的“君子之交”，作者并不在友情坚贞上用力，而是围绕两人意气相投展开，着重点乃在两位中年男人于畅谈中感悟到的“成败悲喜变淡变轻”的通达，将如岩浆般喷涌的情感化为一脉清泉流泻，更有清隽的余味。

值得品鉴的还有刘爱君的散文语言，直观的一点，他爱用四字句：“二十年间，江湖夜雨，辛酸甘苦，皆如云烟，倏忽而过”，这是写老残；“春风初起，旷野还寒，黄沙卷地，衰草离披”，这是写布木布泰的远嫁；“登上山顶，山高月小，游目骋怀，意境全出”，这是写千佛山赏月，如是等等，其古朴雅驯可见一斑，读者阅读时自可好好体会。

最后要说的是，我与爱君先生其实素不相识，经友人介绍而有缘读到《温情以待》，又承蒙爱君先生信任，嘱我作序，我个人其实深感惶恐。以上所谈，不过一己之见，希望就教于爱君先生和读者诸君。

是为序。

马　兵
2024年4月14日

（马兵，山东大学文学院常务副院长、党委副书记，教授、博士生导师。兼任中国现代文学馆第四批客座研究员和特约研究员、山东省评论家协会副主席、济南文艺评论家协会主席等。研究方向为20世纪中国文学史观研究和新世纪文学热点研究。出版专著《伦理嬗变与文学表达》《故事，重新开始了》等；曾获山东省社会科学优秀成果奖二等奖、泰山文艺奖、刘勰文艺评论奖、上海文学奖、万松浦文学奖等多种科研奖励）

目 录

序 言 1

远山近水

太阳照在雪野湖上 3

遥远的“白雪楼” 6

登岳阳楼记 10

泰山“五大夫松” 15

秋访锦阳关 19

老残游泰山 25

五台山夜空上的“笑脸” 31

孝庄故居里的老榆树 35

隐隐鲍山青 39

不见“读书堂” 43

曾堤“青青草色齐”

——纪念曾巩诞辰1000周年 47

三分明月夜，二分在泉城 51

南窗夜咏

陈永修与玉岭山 57
腊月，说豆腐 62
正月，走亲趣事 65
“数九”是旧俗，也是雅事 70
昙花一现为韦陀 73
华山脚下棉花殿 76
漫谈华阳宫 84
华不注山下的春秋大战 90
密州城外挖野菜的苏轼 102
世间行者，情义武松 105
风从尼山来 114

温情脉脉

好春在高枝 133
父子，人世间一场深情邂逅 135
快乐，是远空舒舒卷卷的云 139
天凉好个秋 141
酸酸甜甜“赤粒子” 145
今冬，我“擦肩”了断桥的一场雪 149
下雪，渐成济南冬天的一种“奢望” 154
孔乙己的纠结人生
——写在鲁迅小说《孔乙己》发表100周年 157

记朋友温涛 160

附：怀远——温涛写给我的文字 168

记我的表弟 172

东坡欺鬼 179

被风感动 182

温柔以待 184

读后：以文学的深情凝望心灵世界 189

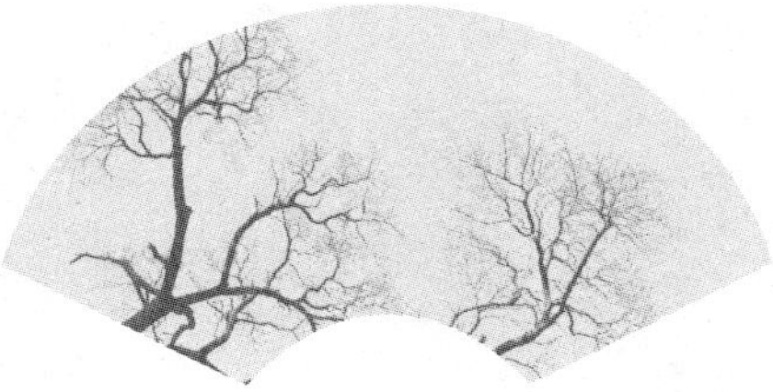

远山近水

太阳照在雪野湖上

岁末有一个培训会议，会期四天，地点莱芜雪野湖。拿着通知，我犹豫再三：初冬的北方万物凋零，山水寂寥，一派惨淡；又当岁尾，各种事务纷至沓来，应接不暇；更主要的，这一整年肩酸背疼，多方求治，不见好转，一遇冷风，状况加剧，苦不堪言，连带的心绪不佳，百无聊赖。有朋友劝说，还是去吧！出个门，换换环境，彻底放下眼前心上的，听闻点新鲜事儿，说不定情绪一放松，身体就好转了呢。

会前一日下午，驱车前往。因为只有一个小时左右的车程，所以旅途很轻松，只是一路上天气阴阴的，还带点薄雾，整个天地灰蒙蒙雾茫茫的，让人兴奋不起来。同行的人说，天气预报讲今晚明天将有大雪，我心想，那就太好了，“雪野湖赏雪”该是另一种机遇和别一样的欢愉。说起来，作为久居北方泉城济南的人，近几年多少是有些尴尬的：印象里，济南的冬天没有下过像样的大雪，似乎很有些年头了。老人们常说“大雪偎山”，莱芜地处山区，雪野湖又因雪得名，说不定就会遇上一场大雪呢，那样的话就不虚此行了。

果然，还未到会议酒店，天上就飘起了零零散散的雪花，星星点点地落在汽车前挡玻璃上，撩拨得人一阵阵兴奋。停下车，还没有办理报到手续，就见有的人已经在楼前、湖边、柳树下、草丛里，欢快地追逐着飘飞的雪花。“一片一片又一片，三片四片五六片，七片八片九十片，飞入梅花都不见”，我应景般吟哦着前人的诗句，心想，我才不稀罕现在的这一两片呢，我想要的是“前村深雪里”，踏雪寻梅去。

晚上，临睡前，我几次掀开窗帘，透过玻璃，看到灯光下，雪花飘飞得越来越紧，就像在赶赴一场盛会，纷纷扬扬，连翩而来。一时间，我心里踏实了下来，一种幸福在前希望达成的感觉充满了头脑。想象着，明天一定是个天地一笼统、万里冰雪封、白皑皑神奇瑰丽的世界。

翌日清晨，甫一起床，我立即奔到窗前去拉扯窗帘，所见却是大失所望。窗外，依旧是灰蒙蒙雾茫茫的，天地间暗沉沉一片，不仅是向望着的那厚厚积雪没有见到，就连昨晚临睡前所见的那些热情真诚的天外来客也没了踪影。这要怪罪暖冬导致的较高的地温吗？看来还是那让人极度期盼的大雪爽约了。

一整天，我为此悻悻着，尽管到会专家的讲座很专业很精彩很热闹。郁闷之余，我信手在会议记录本上写下了如下文字：庚子年，初冬月，十七日傍晚，彤云密布，四野风沉，欣喜大雪欲来。平明未至，心意不足，心怀怅怅，闲吟数句——《雪野湖盼雪》：“琼花数朵薄暮来，山河万里神气衰。连天苍茫无颜色，梦里户外全然白。平明推窗急找寻，湖柳庭松相对呆。汲汲时久多劳形，何日深雪寻梅开。”情绪这东西，有时很怪，看似不相干，影响力却不容小觑。“不以物喜，不以己悲”，自古及今，几人能够？赏雪的念头打消了，就老实听讲座。

然而，第三天清晨所见的景象，却令我为之震撼了。起床，拉窗帘，心底平静，动作从容，可窗帘开启的刹那，万丈光芒霎时涌满了屋子，整个人一下子仿佛被无穷的光热力等包裹了起来。再看窗外，一轮红日推波而出，阔大的湖面由远及近跃动着万片金光，远近的山都成了这万顷金波的背景，剪影般插置在周边，全没了往日伟岸的神气，岸边的松柳更是表现出我见犹怜的无助无辜。日月经行，周而复始，可在今天这个再平常不过的早晨，我却深深感悟到：一轮红日极轻易地就让这大片粼粼波光蕴蓄起了撼人心魄的力量，而远山、近树，它们的明丽葱茏，不也都是由天上的太阳主宰着吗？生活中，一个人时常为外界外物所累，情绪起起落落沉浮不定，从而产生无尽烦恼，那又该如何去调整应对呢？

太阳照在雪野湖上，太阳也照在每个人的心田上。它既催生万物，又照耀你我前行！唯愿每个人常有一轮红日在心。

遥远的“白雪楼”

走进“天下第一泉”——趵突泉，徜徉在泉水、假山斑驳的光影中，你会看到在繁荫佳木掩映下，有一座古色古香的两层楼，楼名：“白雪楼”。白雪楼呈仿古样式，雕梁画栋，斗拱飞檐，红色圆柱，镂花窗格，古朴而典雅。楼北侧，设有戏台，假日里锣鼓铿锵，咿呀唱念，煞是热闹；楼周边，泉水潺湲，细柳鸣禽，游人如织，悠然往来，又一派安静闲适。可是，细细品味白雪楼，又总觉着少了些什么；虽不能一下子讲出来，但至少气度韵味上就觉得不够。

查阅资料，可知全国有两座白雪楼。在湖北钟祥也曾有一座白雪楼，论名气，那楼还要更大一些。“白雪楼中一望乡，青山簇簇水茫茫”，这是白居易《登郢州白雪楼》中脍炙人口的诗句，足见湖北的白雪楼在历史上曾久负盛名；况且在宋代，它还曾与岳阳楼、黄鹤楼、浮云楼一齐，合称全国“四大名楼”。可惜的是，它比济南白雪楼的运气更差一些。而今去到湖北钟祥，竟连替代品都看不到，只有遗址尚存。

相比之下，泉城济南的白雪楼略好一些。尽管它也并不是人们时常念想着的最初的“白雪楼”了。有人会说，时代流转，天变地化，哪有能够自始至终传承不衰的事物；纠结于一成不变，实属迂腐。批评得好！然而我固执地认为，作为名胜古迹，一定还是要坚持着一些什么，传承着一些什么，否则它就没有了根，失去了魂。

追根溯源，济南历史上曾出现过三座白雪楼。明嘉靖三十五年（1556），被称为“明代文学后七子领袖”“宗工巨匠”的历城人李攀龙辞职回家，随后他在泉城东部鲍山下修建了一座颇有气势的楼，命名曰“白雪楼”。晚年，出于某种原因，他又在大明湖畔百花洲上建了另一座楼，亦名“白雪楼”。然而，两座楼都没有存留长久。明万历年间，山东布政使叶梦熊为了纪念李攀龙，在趵突泉畔建起了第三座白雪楼。后世数百年中，该楼几经颓圮整修；到了20世纪50年代，几近坍塌，人们只好在遗址上重建了新的白雪楼。说起来，这似乎应该是第四座白雪楼了。近几十年来，新的白雪楼虽经多次维修，但基本上保持了原样。

比较来去，世人最关注的还是李攀龙修建的第一座白雪楼，而那座楼也是最能代表他的心思和志趣的，当然也是他最得意的。他在《酬李东昌写寄白雪楼图并序》中写道：“楼在济南郡东三十里许鲍城，前望太麓，西北眺华不注诸山，大、小清河交络其下，左瞰长白、平陵之野，海气所际。”从简短的文字中，我们知悉鲍山白雪楼居高临下，襟山揽岳，衔远山，吞长波；地形绝佳，气势宏阔，极占山水之胜，有着成为千古名胜的独特丰厚的天然条件。难怪，李攀龙先生“每一登临，郁为胜观”；甚至一位从未登临此楼的外地人在读了描写“白雪楼”的诗词文章后，也不胜感慨，“咄然壮之”，并欣然命笔，凭着想象画出《白雪胜景图》。只可惜，不知什么缘故，名重一时的白雪楼，很快就结束了自己的辉煌——就如春天里济南城偶然飘落的白雪，虽然短暂地惊艳了大地、春花，太阳一出，却又极快地了无踪迹。只有当时的一众文人留下的精彩诗句，让我们空自吟咏

“百尺高楼际晓攀”“倚槛四高沧海气”“嵯峨飞阁岱云低”……时常在想，倘若上天稍多假以时日，鲍山白雪楼一定会有不一样的历史呈现，至少不会逊于白居易笔下的江南白雪楼。

再说大明湖“白雪楼”。朋友们一定会纳闷，好端端的，李攀龙怎么又在大明湖盖起了白雪楼？遍查史料，没有明确可信的说法；我们也只能从李攀龙的生前身后事上稍加揣测。

嘉靖三十五年（1556），从陕西任上负气辞职后，李攀龙先是在济南东部鲍山边上修建了很快就声名远播的白雪楼。在这座楼上，李攀龙积极致力于诗文创作与古诗编辑；平日里他自标清高，坚持不与世俗之人往来；偶尔，只与几个趣味相投的诗友诗文唱和，以付闲情。其间，他们创作了大量诗文，提出了许多文学主张，文名大盛。鲍山“白雪楼”俨然成了当时的文坛重镇，时人争相来此，以与李攀龙见面互动为荣。

然而，不久他又在大明湖畔修了另一座白雪楼。第二座白雪楼隐身水光潋滟的碧波上，“湖光山色有无中”，自是另一派风流。从当时与他交好的朋友的诗文中，我们约略知道，当时四十余岁的李攀龙寻得了一蔡姓绝佳女子。该女子容貌清丽秀雅脱俗，时人争相把她比作苏轼的侍妾王朝云。由此看来，第二座白雪楼于他颇有藏娇的用意。

好景不长，隆庆元年（1567），54岁的李攀龙被朝廷起复使用，他再次离家做官。两年后，因母丧，李攀龙扶柩归乡，翌年（1570）暴病而故。

人去楼空，却又身后凄凉。在此，作一简单赘述。李攀龙去世不久，他的子孙相继凋零，家道迅速衰落，家境很惨。和他同时代的明代大书法家邢侗曾有文字描述：“僦居穷巷，托迹浮萍，并日无粗粝之食，经年鲜浆汁之馈，致令鲍山黄土，作赤靥以笑人，峼湖白云，化素虹而绕墓。”比他稍晚的诗人王象春记录得更详细——“于鳞身后，不但堂构失守，并禋祀绝续，我朝文人天福之薄，未有甚此者。蔡姬乃其侍儿最慧者，不减苏老朝云，至癸卯，年已七十余，尚存，居西郊卖饼。”

说来其后人境遇确实可怜，然而虽值得同情，但也不必过多感慨；人生无常，世事难料，生活中所见多是。从历史的视角看，多多关注一下当时作为文化符号的两座“白雪楼”，其意义似乎更大一些。从零星的文史材料中，可知李攀龙的两座“白雪楼”破败很快，存世很短。李攀龙故去后不到二十年，叶梦熊主政山东，感慨系之，就在趵突泉边上建起了第三座“白雪楼”。除了以示纪念之外，作为在政治上颇有建树的能臣干吏，叶梦熊修建白雪楼应该别有深意，毕竟“白雪楼”代表着李攀龙等一派文人；它除了是名人的古迹，还是一段文学记忆、一种文化象征。这也可能就是第三座白雪楼留存久远的重要原因吧。

当然，时人对第三座白雪楼也持有异议。“要之非实”，就是当时一些人对它的评价。对此，现代人的观点却很复杂：一是，几百年来“白雪楼”一直能够有一处所在标志着，就已属难能可贵了；二是，过分一点的设想，假如能在李攀龙修建第一座白雪楼的原址修建此楼，可能就更好了。遍览天下名胜大观，凡是能雄视万代驰名天下的，无不占尽了种种优势——绝佳的地理位置、优越的地形环境、美丽的自然景观、丰富的人文传说、悠远的历史传承等。

盼望着，鲍山顶上，小清河岸边，他日能有一气韵超绝的高楼。春秋佳日，每一登临，近对鹊华湖光山色，远眺岱麓雾岚流云，白云黄鹤齐翩舞，“山色溪声共一楼”。

登岳阳楼记

“辛丑年，孟夏月，闲登岳阳楼，观湖光山色，怀北宋范公。范公当年，受好友所托，对《洞庭晚秋图》，思接万里，神游八荒，慨然写就名篇《岳阳楼记》，为湖山增色千年。昔年李白登黄鹤楼，曾有诗句——‘眼前有景道不得’；而范公仅就面前画图、胸中风月，潇洒著就雄文，不惟才也，更关乎心胸！于是有得——《夏登岳阳楼》：

岳阳楼高风远清，
洞庭水平舟任行。
君山在水水在天，
江天万里满画屏。
隔山隔水隔苍空，
一忧一乐一性情。
天高地迥情豪迈，
宁鸣而死不默生。

注：‘宁鸣而死，不默而生’，朋友好心劝他，面对时局，少发牢骚，少惹是非，范公曾直言以对。”

——以上是 2021 年 5 月，我到岳阳出差，在挤出时间登上岳阳楼后，一时有感而写下的只言片语。

“《岳阳楼记》”“范仲淹”，在中国知识分子心目中是神一样存在着的两个文化符号；在近千年的历史长空里，它们一直在熠熠闪光；而“先天下之忧而忧，后天下之乐而乐”之句，也一直镌刻在后来不计其数胸怀天下担当作为的有志之士砥砺前行的道左。

作为一名有着二十余年教学经历但一直生活在北方的中学语文教师，我曾时常在课堂上带领学生高诵《岳阳楼记》，给学生们讲解文中的叙事、写景、议论、抒情的手法，激励孩子们立大志、壮豪情、阔胸怀以有所作为，可是却一直没有机会亲临其境，没能身登岳阳楼，不能亲见“衔远山，吞长江，浩浩汤汤，横无际涯”的壮观，很长一段时间以来，这于我都是一种莫大的遗憾。常盼着有机会能够一登岳阳楼，了却心中所愿。

2021 年 5 月 18 日，因会议来到湖南岳阳。一看行程，实在紧张，果断决定牺牲第二天午休时间，去游览岳阳楼。在我心里，岳阳楼是文化圣地一般的存在，到了跟前，却要失之交臂，那该是怎样的一种痛苦和遗憾！

临近中午，和同会的另一朋友打车来到岳阳楼景区。景区不大，人也很少，走走停停指指点点的多是我们一般的外地人。景区内景点也不多，多是后来应景般拼凑而成的；好在我们本来也不是冲着其他景点来的。“洞庭天下水，岳阳天下楼”，想想也就可以了。此行最大的目的，就是登上岳阳楼，重温《岳阳楼记》，感怀范仲淹。

岳阳楼号称“江南三大名楼”之一，千百年来盛名不衰。根据相关介绍，岳阳楼几经修缮。眼前的岳阳楼，主楼三层，楼高 15 米，精巧而雄伟。对照史料，它虽早已不是历史上曾经的岳阳楼了，但风格样式基本沿袭了下来。楼顶的外形酷似古时候战将的兜鍪，威武雄壮；传说最初它本就是三国时东吴鲁肃为检阅水军、指挥进退、观察远近而修建于此的，这样一来它那奇特的外形就可以理解了。此外，三国美女小乔的墓就在它的东侧不远处；旁边还有一所僻静的院落，据说是东吴大都督周瑜临时安歇的地方。种种迹象说明，岳阳楼最初是具有军事功能的。

登上岳阳楼，眼界顿时开阔起来。靠着三楼护栏，四下观望开去，第一感觉：岳阳楼位置选得真的很好。它矗立在岳阳古城之上，背靠岳阳城，俯瞰洞庭湖，遥对君山岛，真是一眼千里。“北通巫峡，南极潇湘”，自古及今，从岳阳出发，上溯长江，经三峡，可通巴蜀；顺长江东下，可达武汉、南京等地，及至远涉重洋；沿洞庭湖及湘、资、沅、澧四水上溯，可与整个湖南相接。“迁客骚人，多会于此”，岳阳楼声名远震，实属必然。

然而，我辈知道岳阳楼更多的是因为读了《岳阳楼记》。短短三百六十多字的一篇文章，九百多年来，不知让多少文人墨客叹为观止，不知引多少仁人志士竞折腰；而岳阳楼也因它平添了睥睨天下的豪气和资本。文章是范仲淹应他的同窗兼好朋友滕子京邀约而写的，文章里说得很清楚，“属予作文以记之”。滕子京何许人也？范仲淹怎么就这么痛快地答应了呢？文章为什么大篇幅写“悲”“喜”与“忧”“乐”呢？

范仲淹写这篇文章时已经将近花甲之年，而且刚刚经历了“庆历新政”改革的失败，自己以及志同道合的朋友们纷纷遭受打击，罢的罢，贬的贬。接到滕子京求写《岳阳楼记》的书信后，他一时感慨良多。一方面，他很为这位比自己小两岁的同窗有此作为而感到高兴；另一方面，他也想对那些因为前番改革失败而遭受打击的一众朋友说两句，表白一下自己的心迹。

范仲淹很喜欢滕子京——一个干事有闯劲儿的同窗，也很为他的“尚气倜傥”的高调做事风格而担心，他清楚这位同窗做事往往不按常规出牌，很容易给人留下予以攻击的口实。工作上，自己曾多次为他解围善后。比如，前不久在保卫泾州时，滕子京负责前方军费一应所需，为了保证战场所需物资，他百般筹划多方调集，为最终击败西夏军立下了汗马功劳。战后，滕子京为了笼络前来助阵的羌族首领和士兵，杀猪宰牛，大肆犒劳；还按照少数民族风俗在寺庙里为战死的士卒祭神祈祷，并厚恤死者家属，为此花费巨大。等到他刚一调离，立即就被人告发了，说他滥用官府钱财，竟至花费公使钱十六万贯，并要求朝廷派人调查。究其实，所谓十六万贯公使钱是当时各路军马的月供计费，用在犒劳慰问、庆贺典礼等上的费用只有三千贯。“大炮一响黄金万两”，指手画脚安处后方的文官自是不清楚，而冲锋陷阵厮杀在前方的将士（范仲淹当时正是前线的主将）是明白的。按理说，他老老实实地等着来查就是了，可是这位自诩仗义的“小朋友”盛怒之下，竟然把被宴请、安抚者的姓名、职务、花费等有关资料一把火烧了。好在范仲淹、欧阳修等知情人极力为其辩白，他才落了个被贬使用。

此番“谪守巴陵郡”，滕子京除了扩建学校，修筑防洪大堤，第二年还重修了岳阳楼，花费肯定巨大，弄不好又要给人留下攻击的借口。“越明年，政通人和，百废俱兴”，寥寥数语，看似随意，却饱含着老大哥的良苦用心。

范仲淹经常担心着滕子京，可在别人眼里他自己又何尝是“省油的灯”。说起来，范仲淹出身于官宦之家，家族世代为官，先祖范履冰曾做过唐朝宰相，只是到了他这一代，家境急转直下。他两岁丧父，家庭贫困，母亲带他改嫁长山（今山东邹平）朱氏。经过多年苦读，范仲淹27岁时考中进士，才开始做官。但他自小就有奇志，表现出超出常人的抱负。在应天书院读书时，宋真宗驾临学院，众学生争相前往围观，只有范仲淹不去，并说“异日见之未晚”。当官后，范仲淹刚正不阿，敢于谏言，而且坚持为政原则，坚守政治操守。宋仁宗当政之前，刘太后用权，他多次上书指陈弊端，他的领导兼好朋友晏殊批评他行事过于轻率，会惹火烧身；他却据理力争，并写了一封长信《上资政晏侍郎书》，洋洋洒洒，立场鲜明。其后，范仲淹多次因直谏被贬谪，梅尧臣就作文《灵乌赋》，力劝范仲淹少说话、少管闲事、自己逍遥顺遂就行。范仲淹回作《灵乌赋》，强调自己“宁鸣而死，不默而生”，这是怎样的凛然气节啊！

看着滕子京寄来的《洞庭晚秋图》，他思索着滕子京信中所说：“天下郡国，非有山水环异者不为胜，山水非有楼观登览者不为显”，又想着自己这大半生一路走来，不能说不坎坷曲折，而身边的好友也是起起落落浮浮沉沉，是悲是喜，是忧是乐？他又想，人处天地间，当浩然度一生，正气存古今。

思忖良久，他提笔写道：“不以物喜，不以己悲，居庙堂之高则忧其民，处江湖之远则忧其君。是进亦忧，退亦忧。然则何时而乐耶？其必曰‘先天下之忧而忧，后天下之乐而乐’乎！”

正当我远思近想沉浸其中时，朋友打趣说：“岳阳天下楼，要是没有范仲淹的这篇记，那可就真是浪得虚名了。”“嗯嗯”，我应和着，“有人说他，文能写红一座楼，武能镇住一个国，范老爷子让后人佩服的地方还有很多啊！总之，我们这次总算不虚此行了。”

因为惦记着下午的会议，不能留恋过久。我们只好草草结束对驰名天下的洞庭山水的观赏以及心仪已久的岳阳楼的感慨，匆匆离开了。

泰山“五大夫松”

暑假里，和家人去爬泰山。此行是从红门出发，经中天门，而上到山顶的。之所以选择这条线路，是因为这条线最传统、最经典、最悠久，文化传说最丰富。一路下来，也的确收获很多。单是“五大夫松”处，就极富趣味，引人遐思。

红门到中天门，一路无话。因为刚开始爬山，体力气息都足，爬得快，走得急。等到了中天门，脚步不由得就缓了下来，也正好饶有兴味地观赏起四周的景物来。

过云步桥，不远就是“五大夫松”处。这是一处著名的景点，除了两棵松树外，还有亭，有碑，有牌坊。从布置上看，应该有很多讲说。于是趁着休息的工夫，对着眼前松树，在脑海里进行了一番深远的探究。

旁边有人发问，“五大夫松”不是应该五棵吗，怎么会是两棵？有人说，五大夫松本来就是一棵。那么，这两棵中，到底哪一棵是呢？

说来话长，五大夫松原本确是一棵松树。话说当年（前 219），秦始皇统一中国后第三年，出于政治需要，他要东封泰山。司马迁在《史记·封禅书》中记载，当年秦始皇从山阳（南）登山，到半山处，突然狂风大作，暴雨倾盆，于是匆忙到一棵大松树下躲避风雨。风雨过后，秦始皇认为松树护驾有功，就封这棵松树为“五大夫”（“五大夫”，秦汉时期等级较高的一种爵位），后人于是称其为“五大夫松”。由此知道，“五大夫松”确是一棵松树，而这棵松树有官阶，位列五大夫。

那么怎么又有五棵松树的说法呢？在唐朝时有个叫陆贽的诗人写了一首诗《禁中青松》，诗中有一句“不羡五株封”。随着诗句的远播，以讹传讹，人们开始误会五大夫松是五株松树。宋代又有人写诗道“却笑五株乔岳下，肯将直节事秦嬴”。久而久之，五大夫松更被以为是五棵松树了。明万历年间，泰山连遭两次特大暴雨，暴雨引发山洪，山洪将五大夫松连根拔起，冲下山涧，了无影踪。清雍正八年（1730），雍正帝登临泰山，看到有景无树，深以为憾。诏命钦差大臣丁皂保办理补种。这位活了97岁的内务府大臣，一生恪尽职守，奉诏后认真地栽种下了五棵松树。从那时起，人们更加以为五大夫松就是五棵松树。后几经风雨山水的冲击毁伤，又去了三棵，现尚存两棵，枝干虬曲，已历近300年。

立在五大夫松牌坊下，看游人如蚁逦逦上下，一时竟有点儿茫然。端望两棵松树，虬枝横斜夭矫，松叶婆娑如冠，气派俨然。我在想，“五大夫”本是秦汉时的一种爵位，位列九级，是商鞅变法时开始设置的，当时共有二十等。不禁心生疑问，始皇帝当时为什么偏偏封它为“五大夫”，而不是其他等级呢？是临时起意，偶然为之，还是另有深意，有感慨而后发呢？

说起“五大夫”，有一个人不能绕过。他就是秦穆公称霸诸侯的得力助手、秦国的龙兴重臣——百里奚。百里奚是个传奇人物。他出身寒微，但自幼好学。早年，他曾在齐国游历，不被重用，乞食于人。后到虞国，侍奉虞君。虞君不听建议，被晋人假途伐虢，致使虞国亡君灭国，百里奚也做了晋国的俘虏，后又被当作奴隶，做了秦穆公夫人（晋国公主）出嫁时的陪嫁品。他耻于被辱，半路逃跑到楚国，在楚国，被人抓住后，给人家放牛。

秦穆公打听到他是个人才，就设计用五张公羊皮，把他赎回到秦国。五张公羊皮，在当时正好是一个奴隶的价格。后人为了纪念这件事，就称他为“五羖大夫”。

秦始皇的老祖宗很会做买卖，用五张黑羊皮，从楚国换回了一代名相。百里奚（约前725—前621），在那样的年代，他竟然活了百余岁，匪夷所思，可谓人瑞。在他相对漫长的后半生中，他辅佐秦穆公倡导文明教化，实行“重施于民”的政策，内修国政，外图霸业。在他勤心助力下，秦国开始崛起，称霸诸侯，成为春秋五霸之一，为秦国最终统一全国奠定了坚实的基础。后代的秦孝公称他辅佐朝政的时代“甚光美”。历史对百里奚的高度评价是“谋无不当，举必有功”。

一棵普普通通的松树，恰巧立在始皇帝行走的路线上，在狂风暴雨来临时，它又恰巧用自己的身躯庇护了一代帝王，这种危难时机挺身而出的表现，让始皇帝深有感触。作为第一位真正一统天下的最高统治者，始皇嬴政是最能体会到百里奚那样的能臣的重要性的，他极度思慕“五羖大夫”百里奚那样的贤臣。

在司马迁的《史记·封禅书》里，还记录了一个小插曲，这个小插曲让原本踌躇满志的始皇帝非常不快。在登临泰山之前，为了扩大影响力，宣扬自己的丰功伟绩，也为了延揽人才，“于是征从齐鲁之儒生博士七十人，至乎泰山下”。他本意想从儒生那里听到一些真知灼见，从而去挖掘宣扬封禅大典的重大意义。谁知一片纷纭后，“始皇帝闻此议各乖异，难施用，由此绌儒生”。这个小插曲，对始皇帝打击很大。他认为这些腐酸之议，虽言语滔滔，对于安民治国却毫无意义，却又极易产生负面影响；而这些自视甚高的人与百里奚那样老成谋国的大臣绝不可同日而语。同样的情景，汉高祖刘邦在平定天下后，在一次盛大宴会上，在君臣酒酣耳热之际，当场吟诵了一首《大风歌》："大风起兮云飞扬，威加海内兮归故乡，安得猛士兮守四方。"让在场的文武大臣尴尬不已。其实不难理解，安邦靠猛将，强国思良臣，这是每一个有为帝王的终极心思。现在看来，当年在始皇帝焦虑纷乱的内心里，更多的是对治世良臣的渴盼。

千百年来，"五大夫松"无论是一棵，五棵，抑或两棵，它们都始终承载着一种精神象征，而不单单是一处景点；所以当年雍正帝才安排自己得力的内务府大臣专门督办松树的补种。尔后，乾隆皇帝至此也是大发感慨，隆重立碑铭记。

"五大夫松"在泰山已挺立千百年。从古到今，世人对其留下了多种不同的评说。见仁见智，皆因立场角度不同。然而，从静默坚守、立场坚定、永葆本色的意义上看，它还是值得后人向它深深一鞠躬的。

秋访锦阳关

朋友新近开发了一处民宿，自然条件得天独厚，再加上丰富多样的现代都市风格，安静闲适，干净卫生，非常适合休闲放松。朋友几次相约，日前又来电，说前两天那里连降几场大雨，山上瀑布满谷，山下野泉竞发，山清水明，美不胜收，好景不可错过。

美景美意怎能随意辜负，于是周末带上家人，驱车前往。时值夏末秋初，气温适宜，天光正好，一路上轻松惬意。

将近目的地时，路边闪出一方村牌——“大寨村”，顺口问正上高中的儿子：“知道这村为什么叫大寨村吗？”未等儿子回答，我便自以为是地说：“上个世纪六十年代，我国农村时兴一个口号‘农业学大寨’，很多地方为了赶潮流，就把村名改为‘大寨村’，这就叫时代的烙印。”儿子不明所以，也不当真，只是“哦，哦”地，随口应付着。

山路蜿蜒而上，水流潺湲而下，十几个拐弯后，就到了半山腰一处绿树掩映下的山村。山村不大，却是草木葱郁，明丽逼人。再看那山，山虽不高，却连绵起伏，崖陡岩峭，十足的险峻，一望就透着股不俗的劲儿。一下车，我就对来接的朋友称赞道：“好眼光，果然是个绝佳所在。”朋友说：“别着急夸，先入住休息，还有更吸引你的地方呢。”

粗一看，朋友开发的项目还真不小，楼台亭榭鳞次栉比连绵成片。在保持原始风貌的前提下，项目倚山借水，精心设计，别有风味。更妙的是，她把几十户相挨相靠的农家院落，按照不同主题，打造成各具特色的院落。一簇一簇的，既统一又相对独立；既有乡村气息，又凸显出浓郁的文化特色。这不，眼前的就是二十四节气主题民居。我赶忙对朋友说：“快，快，你看一下‘秋分’院有预订吗？没人订的话，今晚就住它了。”朋友笑着说：“没有，给你留着呢。”

放下东西，朋友去忙，我自闲庭信步。边走，边观察，一圈儿下来，我还真有一个发现——这个山村虽不怎么大，但很有特点，整个村子大部分院落整齐划一，从面积，到格局，到用料，再到形制，基本上一致。这些特点，给了我一个强烈的信息，即这个村庄绝对不是自然形成的，它一定有着特殊的形成背景。随便问了几个村民，他们都说不出缘由，只说自小就住在这里，一直就是这个样子。看来，这个村子还有些年头了呢！

晚饭时，和朋友闲聊，朋友解除了我的疑惑。朋友说，她们选择这个村，除了四周环境清幽秀丽，还有就是这个村庄风格鲜明，布局独特，便于改造。她们事先做过调研，这个村是因为早年的军事需要而整体搬迁来的，所以制式比较统一。加上周围地势险要，军事风格突出，历史遗迹丰富，也有利于她们开展后期的开发。

听了这些，我顿时来了兴致。一方面向朋友打听询问，一方面在网上查阅资料。一番了解后，我才发现竟然来到了大名鼎鼎的“锦阳关”所在地。因为从小喜欢文史，加之曾多年从事高中语文教学，对相关人文历史格外关注。过去给学生讲课，经常提到齐长城，提到齐长城上各处关隘；而“锦阳关”就是极其重要的一处关隘，也是我一直想要实地探访的。没想到，此行竟有如此大的收获，怎不令我喜出望外。

要说清“锦阳关”的重要性，必须把它放在大的历史地理背景下去讲。首先，要弄清锦阳关的修建年代。其次，还要剖析它所处的地理位置。

锦阳关的修建不会早于公元前 555 年，因为历史记载公元前 555 年，齐灵公为阻击晋国等诸侯联军入侵，决定“御诸平阴，堑防门而守之”，这一举动被史家公认为修筑齐长城的发端，而且齐长城的修筑顺序大体上还是从西向东逐步进行的。当然也不会晚于公元前 300 年，《齐记》上有“齐宣王乘山岭之上，筑长城，东至海，西至济州，千余里”。可见整条长城在齐宣王（？~前 301）时已经大功告成。

众所周知，从春秋后期开始，诸侯国之间战事频仍，因为各种原因，相互攻伐不断。齐国自立国始，注重工商，潜心经济发展，又占盐铁渔桑之利，一向最为富庶；而到了春秋后期，齐国几代国君耽于淫乐，国家不治，再加上有几任国君格外盲目自大，致使内外政策失当，所以难以避免地就成了周围诸侯国的打劫对象。

说起来，齐国的富庶与齐国国君的自闭自大都是和齐国优越的地理位置息息相关的。齐国自立国始，国都绝大部分时间设在临淄（今山东省淄博市）。淄潍平原是齐国的腹地，它的西面、西北面和北面环绕着济水、黄河两大河流；它的东南面、东面和东北面是大海和小海，也就是黄海、渤海；而南面横亘东西的是连贯性很强的泰沂山系。大海、河道、山脉成为齐国的天然屏障，而齐国恰好安卧其间，这是多么优越的地理环境啊！

《韩非子·初见秦篇》上有“齐，五战之国也。一战不克而无齐”的评说。什么叫“五战之国”，很显然是就四境上的天然屏障来说的。然而，韩非子又说“一战不克而无齐”，也就是说外敌一旦越过了这些屏障，就会很顺利地踏上淄潍平原，就几乎毫无阻挡地兵临临淄城下。历史上几次战争都验证了此说，如历史上著名的“鞍之战”，短短几天晋鲁卫等联军就剑指齐都。齐国当政者当然对此也是刻骨铭心。春秋后期、战国初期，齐国的威胁主要来自西面、南面的以晋国为首的中原诸国，而且那时候都是大规模战车作战，所以战役集中发生在齐国西南地势较为开阔平坦的张夏谷地。有鉴于此，齐国统治者首先想到的就是在边境西南面（现在的平阴、长清）建筑关防。到了战国初期，形势发生了巨大变化。随着赵武灵王“胡服骑射”改革的推广，战争方式逐渐由大型兵车过渡到轻骑兵，齐国南部防线上的各处相对宽阔的山谷甚至相对平坦的山脊都成了外敌入侵的路线。这样一来曾经安全的军事防线就变得漏洞百出，为了堵上这些漏洞，修筑长城、加固关防就成了必要措施。

锦阳关位于今章丘正南、莱芜正北，东西有两座海拔较高的山岭对峙，中间是一道南北相通的宽阔谷地。地理位置决定了锦阳关自古就是齐鲁之间的雄关要隘，南北交通的咽喉所在。进攻，它是齐国对外扩张的支撑点和策应地；防御，它是齐国的门户和锁钥。历史记载，齐国曾在此建设城池，安置重兵，而关北的村庄“大寨村”，相传就是因齐军安营扎寨在此而得名的。我的天，真是无知者无畏！来时我还凭着想当然给儿子讲解“大寨村”村名的来历，打脸啦！这让我想起了王安石的《游褒禅山记》中所说，世间很多事物因为历史变迁都会湮没模糊它的本来面目，后人在重新审视面对的时候，“敢不慎乎”！

一番了解反思下来，更加增强了我急于探访“锦阳关”的兴趣。第二天天刚亮，我就迫不及待地出门，去探访附近的齐长城、锦阳关。

说来也巧，锦阳关就在朋友民宿项目所在村庄的左近，也就四五里的样子。车子拐上省道，一眨眼，就见公路右前方路边矗立着一座关城。稍近，路边闪出一块巨石，上面竖着镌刻有三个红色大字："锦阳关"，显然旁边的关城就是"锦阳关"了。

从下面看，关城倒也高大，下有关口、拱门，上有城楼、垛口；整体由青石灰砖垒成，城楼上层还供奉着关帝（不是不可以，但不伦不类的）。旁边有牌子，上面介绍着，因修筑省道占了旧关遗址，此关是不久前在路边选址重建的。

站在城楼上西望，随山势绵延，立有千余米城墙，城墙高矮不齐宽窄不一地蜿蜒西去，看样子也有年头了。旁边有人指点着说："看，这就是齐长城。"因为提前做足了功课，所以我知道，关既不是旧关，城墙也不是旧城墙。原关在历史上几经毁坏，最终在 1938 年日寇侵华时，彻底毁于战火，现如今连位置也变迁了。城墙，更不是原来的城墙，从建构的形式与体量上看，应该是近代战争防御作战的产物。同时也有资料为证——康熙十一年（1672），莱芜知县叶方恒在他的《长城岭新村碑记》里记道："莱芜处万山之中，而直北有长城岭者，城基犹隐隐可见，意即古者齐鲁之界欤?"从这里知道，锦阳关关塞长城至少在清初就几近荡然无存了。那么我们现在所看到的长城从何而来呢？现在锦阳关两侧山脊上尚存的部分甚至还相对完整的城墙全都是晚清地方武装为抗击捻军而大举修复的。这一点在《章丘县乡土志》上都有记载；此外，从城墙上掩体的高度，瞭望孔、射击孔的布置，也能看出符合近代作战的特点。

史书告诉我们，以锦阳关为代表的几处重要关隘，从它们建成一直到齐国被秦国灭亡，始终受到齐国人极高的重视。《管子·枢言》

里甚至把它们称为“国宝”。此言不虚，就说锦阳关吧。历史上，除了在战时，它被当作兵站、仓库、堡垒外；在和平时期，它更多的是被当作齐鲁两国间贸易货物运输的中转站，各国使者往来、客商旅途奔波的歇脚地。

而今站在后起的“锦阳关”上，向南北望去，有那么一阵儿，我竟然心生恍惚。一会儿，城墙上下箭矢如飞，鼓角争鸣；一会儿，关门内外，商旅往来，车水马龙。一直以来，我有个奇怪的观点，认为探寻历史遗迹在秋日最相宜。秋风瑟瑟，光影斑驳，再加上衰草满坡，鸿雁排空，其景其物其情很容易就让人恍惚迷离。在恍恍惚惚中，时空会自如地转换穿越，历史的烟云仿佛就时刻弥漫在身前身后。

老残游泰山

日前闲读刘鹗的《老残游记》，很有收获。书中交代：老残本是南方人，因取“残”字为号，人称“老残”。究其实，他也不过三十来岁。其人年少时，读书不成，又无家业可守；机缘巧合，为生计从一个手摇串铃行医四方的道士处学了几个口诀，然后潜身江湖，为人治病糊口，时间一晃近二十年。二十年间，江湖夜雨，辛酸甘苦，皆如云烟，倏忽而过，毋庸赘述。

读过《老残游记》的人大都知道小说的情节正是从这里才开始的。那一年春天，老残来到山东古千乘（今淄博周边）地方，为一个姓黄的大户治病，一住半年多。深秋时节，他迤逦来到济南府，故事就此展开。小说虽不长，但意蕴深远，精彩不断。

中学时，学过课文《明湖居听书》（小说《老残游记》中节选的一段）。当时很着迷于小说中描写的人物黑妞、白妞，人美声音更美；也很叹服作者那些描摹声音的文字，惟妙惟肖，妙到毫巅。后来，读了《老残游记》，又很快意主人公惩贪官除恶霸，救民水火，扶危济困的豪侠。日前，闲翻《老残游记（续集）》部分，竟然别有一番感悟在心底。《老残游记（续集）》可分两部分，第一部分“记游泰山”，第二部分“梦访地府”。

今天单说老残游泰山。前文书交代得明白——老残访来仙丹，救活了齐东村（齐河县一村庄）13 口中毒“死”人，了结了一桩奇冤重案。受冤的当事大户为了表示感谢，派人去省城，花重金请戏班雇厨师，坚持留他在村里过大年。

老残哪里耐得了这些麻烦，又看看年关将至，就连夜溜回县城，第二天带着新收的外室环翠和环翠的胞弟，雇了长车要赶回老家淮安。在齐河县城某客店，巧遇送家眷回扬州的好朋友京官（吏部主事）德慧生。于是，两家结伴同行。

清晨，两家人各乘马车从结了厚冰的黄河河面上小心过河，然后一路向正南，中午就到了垫台（长清区万德街道店台村）；午饭后又从垫台出发，晚间就到了泰安府南门外。寻店住下后，安排家人早早休息，预备第二天上山烧香。文中有一句交代很有趣味，因要“上泰山烧香”，“故晚间各事自觉格外消停了”；短短的一句话就代表了作者的行文风格。当然，晚上老残与德慧生还是谈了许久的关于家国社会的大事儿，表达了各自的忧虑。

需要说明的是，老残新收的外室环翠，本是齐河县一大地主家的小姐，因庸官治河决堤，家园田产皆毁于肆虐泛滥之汹汹黄河水；家破人亡后，万般无计，被卖入妓院。老残在朋友处，遇到了取名翠环的她，心生怜悯，加之朋友百般撺掇成全，老残就接受了翠环姐弟，并为其改名环翠。然而，老残本意并没有想要纳妾，他只是秉着一份善心救她出水火，这样好歹也算给她姐弟二人一条活路。可是弄成了一家人，还要和她一起回归故里，却是他始料未及的，内心里多少也有些勉为其难。

闲言少叙，翌日清晨，两家人三女二男，雇了五顶山轿，前后相随着离了旅店。先来到城里岱岳庙，进香，稍做盘桓。在与庙里老道交流后，他们打定主意，明天白天从容登山，晚上山顶住宿，然后第二天再下山。

说实在的，老残游泰山选的时节并不好。时值深冬，万木萧疏，水瘦山寒，除了游人少之外，别无是处。也许就是这一点，对于不喜热闹的他们来说，却也正好，少了聒噪喧嚣，多了清静散淡。然而，身在江湖是非多，在泰山斗姥宫小憩时，言谈话语中，却引出来一段节外生枝。

斗姥宫又叫斗母宫，从名字上看，本是一处道教观所，但不知从何时起改作了佛门尼庵。前后三进的院子，布局非常规整，陈设极讲究。遍览泰山，你会发现此处绝对是整个景区的一个特别的所在。它虽处在上山主路上，但气质上既开放又相对独立，环境幽静，景色奇绝。行走院中，移步换景，远近高低处处不同。置身其中，可坐，可卧，可闲步；可品茗茶，看云飞，听松涛，观水流；随意俯仰，无不舒心惬意。宫门外有块碑，名为《斗母宫增修记碑》，上面镌刻着它曾经的盛况："凡游山妇女，宦室瀛眷，皆入庙作休息地；而冠盖之往来，亦慕名而瞻礼焉。香火之盛，为群庙冠，钟声佛号，日夕无虚。"

老残一行人在天近中午的时候，来到了斗姥宫。轿夫说得好："里边全是姑子，太太们在这里吃饭很便当的。但凡上等客官，上山都是在这庙里吃饭。"外人眼里，老残、德慧生等人自然是上等客。既然是上等客，庙里的大小师傅们自然要高接远迎。先是当家师傅持礼迎接，后又有伶俐道姑周到作陪。其中有个叫逸云的，二十岁光景，初看貌不惊人，"却一脸的秀气，眼睛也还有神"。谁知，在随后的一言两语交谈中，她却令人刮目相看。饶是见多识广的老残，也自悔失言，对她收了轻慢之心。接下来的接触交谈，逸云的言行举止，更加让众人折服。

然而，斗姥宫里的头牌人物，却不是逸云，而是靓云。当时远近有“见识”的人造访斗姥宫，都是冲着她来的。这到底是怎样的一个人物呢？老残口里，“这人名声很大”；还有一副对联：“靓妆艳比莲花色，云幕香生贝叶经”，也是写她。这些无疑吊起了大家的胃口，但是在斗姥宫里却没有见到此人，一番打探，原来靓云和斗姥宫那天都摊上事儿了！

书里说得云山雾罩的，其实大家看得明白。平日里，这个斗姥宫除了烧香敬神招待香客外，时常也演绎一些风月故事。不承想，她们惹到了一个硬茬——泰安县县太爷的公子看上了靓云。老残一行到来的前日，县太爷的公子宋少爷来到斗姥宫。庙里自然不敢怠慢，安排靓云热情接待。谁知酒席宴前，言语调笑，越来越过火，到了后来，宋少爷非要靓云陪他睡觉，否则就要“封门”。当日，好歹把宋少爷劝走，但第二天传话回来，如不答应宋少爷的条件，第三天必来封门。靓云自是不肯，两边劝说不下，庙里只好把靓云送到乡下，静等宋少爷来封门。

很显然，无论老残还是德慧生的性情决定了他们对此不会坐视不理，而斗姥宫里的老少尼姑们也早已看出二人身份气势不凡，特别是逸云人情练达，三言两语就已经套出德慧生是正经的现任京官，又是吏部的，一准能帮上忙；只是她不知道，座中老残虽没有官职，却和时任山东巡抚的张宫保最是莫逆，在山东地面上他说话更是管用。总之，斗姥宫上下如久处暗夜陡见光明，极尽殷切逢迎之能事。德慧生自是爽快，当即修书一封给泰安县县令、自己曾经的老同学宋次安，一力替斗姥宫周旋此事。接下来，虽说其间费了些许的周折，但结局还算圆满。

俗事休提，单说因了帮忙解困的缘故，逸云受师傅指派全程陪同随侍两家上山。一路上，逸云表现得周到细致、活泼热情、幽默风趣；言谈中处处禅机、颖悟通透，不仅说动了两个夫人的心神，也令两位饱学贤达的男子心生膜拜。世间事多因机缘，短短两天，几番畅谈，众人内心里都起了巨大变化。先是德夫人对逸云由爱怜到敬佩万般喜欢；又是环翠见机识机，一下子看清了自己的前路今生，毅然决然，决心要拜逸云为师，从此远离凡俗；就是老残和德慧生二人也放下孤傲清高而心生戚戚。

下了泰山，逸云、老残就张罗着安顿环翠姐弟。无巧不成书，缘来事事顺，一切的安排如有神助，环翠完成皈依，环翠的兄弟有了依靠，真是处处顺遂，皆大欢喜。再说老残，一下子如释重负！在他心里，对环翠姐弟如此安排，比跟着自己理想多了；而环翠自己也少了忐忑疑虑，多了安定踏实。

回望泰山，老残如在梦里，仿佛一切就在眼前，又仿佛什么也没有发生。云来云去，云散云聚，二十年光影堆来眼前，只赢得两手空空，一身轻松，这样也好！他喃喃地吟诵着："人生到处知何似？应似飞鸿踏雪泥。泥上偶然留指爪，鸿飞那复计东西。"

江湖夜雨二十年，
串铃摇响黄河边。
行色苍茫春及夏，
南北往来救世间。

细读老残游泰山一章，不禁在想，年轻时的老残和天下所有的读书人一样，曾怀抱济世救民之心，很想成就一番作为；可二十年下来，虽然也做了许多畅心惬意的事，但大多时候他还是力有不逮，只能徒唤奈何。此番登临泰山，让老残有了通透彻底的领悟——茫茫人世，碌碌一生，能求一个“安”字就好！

于是，下了泰山，老残从容地打马而去。

联想到自己，如今年逾五十也该学会在“敛”字上下功夫，在“减”字上做文章。所谓放下牵绊，其实也是放过自己。

五台山夜空上的“笑脸”

造访五台山，那是三四年前的事了。然而在随后的日子里，脑海中却经常闪现着一幅画面，那就是五台山夜空上的那个“笑脸”。记忆里，那个“笑脸”，清晰、真切，温暖、俏皮，惟妙惟肖。

去五台山看看的想法，由来已久。其中缘由，除了与小时候听过的杨五郎避祸五台山、鲁智深五台山醉酒的故事有关外，更多的是因了金庸笔下韦小宝大闹五台山相关情节的渲染。有一个时期，我对五台山着迷般心驰神往。

那是某年国庆节放假期间的事儿。一天上午，老同学打来电话，“今天忙吗，有没有其他安排，去趟五台山吧?”“啊！什么时候?”“下午两点半出发，八点半左右到，夜宿五台山；明天一早爬山，中午饭后，返回。”——济南到五台山，五百多公里，六个多小时车程，真正的“说走就走”，想想就刺激，于是成行。两辆车，八个人，一路疾驰，奔赴五台山。

近几年，天南海北地也去了些地方。翻拣起记忆里最深刻的影像，竟然不是那些体量高大的建筑、历史悠久的古迹、美得惊艳的山水，或者有着神奇传说的山石花木；反而对那些偶然被发现在特定场景里的并不怎么起眼的事物记忆犹新。比如鼓浪屿的那树趴伏在颓圮的山墙上的巨大火龙果，孝庄故里达尔罕亲王府庄园里的那株气质沉郁冷寂的老榆树，厦门大学里那只随意跳跃自由穿梭的松鼠，甚或古道边一所废弃庭院里的一棵如云般挂满桐花的超大梧桐树。很多时候啊，美其实就是心灵深处瞬间的温暖与触动。

到达五台山景区的时候，已近晚上九点钟。车窗外，四周模糊难辨，山路上，一派冷清静寂。远处，黑魆魆的顺势连绵的应该是起伏的群山；近处，厚厚的不断退后的黑色的影子，必定是白天叫不上名字的树木或沿路造型各异的山石。

下车，深吸一口清新的空气，顿感全身心的清凉，禁不住高喊道："五台山，好个清凉世界！"猛然间，却被远处的天空吸引了。西方漆黑的天幕上，出现了一幅令人惊诧的画面：一钩上弦月，微斜着安静地贴挂在夜幕上，两侧的月牙俏皮地上挑着；月牙弯起的上方，亮闪闪地镶着两颗圆圆的星星，像极了一个卡通的笑脸。朋友们纷纷指着看，并不断尝试着变换角度，令人纳罕的是，随便你弯腰蹲下，"笑脸"总是一直微微笑看着你。那一会儿，内心里很自然地就荡起了圈圈温馨的涟漪。

自古以来，五台山就被人视为圣地。翌日清晨，早早的，山道上就车来人往，络绎不绝。人流中，常见有虔诚的拜山礼佛之人，三步一拜，默念佛号。从衣着、体肤上看，他们一定走了很远。有的头、手上，已经结了厚厚的硬茧，衣服上更是多处缝补，但是一例的神情庄肃，目不旁视。我在想，他们的诚心虔行此刻能否感动菩萨，不得而知，但他们一定能感动自己；日后，能不能消灾避祸，也很难说，但在未知的岁月里，他们必定气定神闲，从容不迫，坚定不移。来到五台山，人们可以登山览胜，可以参禅礼佛，可以静心，可以敛性，终归会有所得。此行，我也一定会有我的收获。

要说五台山香火最盛的所在，还得说是五爷庙。一大早，陪同学去进香许愿。离老远，就见排队的人里三层外三层。让人不禁纳闷，“五爷”是一个很江湖的称呼，怎么能有这么大的威望？而这五爷到底是何方神圣，又有何神通？

一打听，原来五爷就是五龙王，是东海龙王的五太子。传说，很久以前，五台山地区气候干旱酷热，民不聊生。大智文殊菩萨见此情景，岂能袖手旁观，就去东海找老龙王商量，借风借雨，救助苍生。老龙王久居龙宫，不了解民情，对文殊菩萨的建议很不感冒，爱答不理的。文殊菩萨一生气，急中生智，就骗走了东海龙宫的宝物“歇龙石”，并引来了龙王的五个儿子。一番斗法，文殊菩萨降服了五个龙子，并留下他们分居五台，负责四时为五台地区拨云降雨，从那才有了五台山“好个清凉世界”！

龙王的五个儿子，虽然被打败了，但起初并不情愿，后来见当地百姓确实身处苦难，无法过活，就动了恻隐之心，决定造福这一方百姓。尤其是五龙王天性善良，喜欢扶危救困，看不得他人有难处；又想着，不能让文殊菩萨一个人做好人，就经常化身人形深入民间，变着法子救助百姓，接济苍生。一来二去，五龙王成了黎民百姓有求必应的守护神，渐渐名声大噪。

时间既久，远近到五台山进香许愿的人都冲着五爷去了。很显然，绝大多数的善男信女并不一定都深通佛理，他们也不一定都能感受到文殊菩萨的无量贤德，却都喜欢五爷的亲民、好脾气。文殊菩萨看在眼里，喜在心里，微微一笑，主意拿定，封五龙王为自己的化身之一——广济龙王文殊菩萨。

做了菩萨之后，五爷更是尽职尽责，和四兄弟一起，齐心协力，保佑着五台山地区四季分明、风调雨顺。百姓安康了，五爷风趣好玩的天性又恢复了。他有一个雅好，就是喜欢看戏。人们为了感谢他，就在五爷殿对面搭建了一座戏台，时不时邀请各地戏班子轮番来此登台为五爷唱戏。进香，许愿，唱戏，听戏，五台山86座寺庙里，五爷庙（这座唯一的庙）前，常常是人头攒动，热闹祥和。

眼睛越过熙攘的人群，我向五爷殿内的五爷望去。在五爷黑黢黢“一脸正气”的脸上，不经意地，我分明看到五爷竟露出了一个俏皮风趣的笑。一怔之后，我立刻联想起了头天晚上，刚下车时所看到的夜空上的那个清晰亲切的笑脸。就是它，一样的亲切、温暖、俏皮。

返程的车上，再次回头向后方的天空望去，我极力找寻那个笑脸，自然不会看到了；我知道，即便是晚上，也不会再有那么好的运气，那样的巧合了。然而，从五台山回来后的几年里，我却时常想起那晚夜空上出现的那个笑脸；一经想起，心底就会漾起丝丝缕缕的温暖亲切。

孝庄故居里的老榆树

八九年前，我去过一次科尔沁草原，具体是哪一年，实在想不清楚了。记忆里，科尔沁草原和其他大草原一样，辽阔而又苍茫，深沉而又高远。在当时，心里曾涌动着一阵阵震撼畅快的感觉，但几年过后，脑海里就没有多少关于它的清晰真切的影子了。

然而，从科尔沁草原回来后的几年里，头脑里却经常出现一棵高大苍劲的老榆树，那是我在孝庄故里达尔罕亲王府里见到的一棵榆树。初见，它就深深地吸引了我。当朋友们围着殿宇、楼台以及各种雕像、塑像流连兴奋的时候，我独自站在树下，出神很久。过后，我始终不能忘却那棵高大苍劲沉郁默然的老榆树。我很纳闷，就那么一棵在北方司空见惯普普通通的榆树，怎么能会让我好几年都在萦怀惦念呢？

为此，我曾特意百度查询过“榆树”这一词条。榆树——榆科，落叶乔木。喜光，耐旱，耐寒，耐瘠薄，不择土壤，适应性很强。根系发达，抗风力、保土力强。生长快，寿命长。然而，这些并没能解除我全部的困惑。我清楚，我之所以有此情形一定和那棵老榆树曾经的主人、那位有清以来历史上公认的杰出的女政治家，也就是被誉为“大清国母”的传奇女性——孝庄有关。

当我站在树下兀自出神的时候，有那么一瞬，我仿佛看到了一位风姿绰约威仪端庄的女子悄立在树下，她安详的眉眼里隐着不易觉察的叹息。恍惚间，女子幻化成了那棵高大的榆树。

1625年2月，科尔沁草原上，春风初起，旷野还寒，黄沙卷地，衰草离披。新长出的嫩嫩的草芽还怯怯地躲在厚厚的旧草根底，缩着脖儿不敢露头；在规模宏大的达尔罕王府里，王爷的二女儿布木布泰刚刚度过她12岁的生日，祝福奶糖的香甜还没有咂透，和她贴心的下人就急急地悄悄告诉了她一个令她瞬间愣住的“好消息”——她就要嫁给一位远方的贵人了。在错愕惊疑中，她被一通紧张忙乱以及兴奋热闹裹挟着穿起盛装登上了同样被装饰得喜庆豪华的辎车。

旗幡猎猎，鼓角声声，长长的送亲队伍迤逦穿行在早春清寒的草原上。虽然车厢里生着红红的没有一点烟味的焦炭炉，厚厚的彩色丝绵帐帘把车厢里所有的缝隙遮挡得严严实实，但她依然真切地感觉到了草原上四处飘荡着的料峭寒意。

当车队行到一个高高的土丘上进行短暂休憩时，布木布泰从起初乍离开父母家园的慌乱不舍中渐渐平定下来，未经世事而又生性豁达的她想起将要到达的远方以及即将面临的人事，竟有些许的好奇和兴奋。她悄悄掀起车后的帘幕，回望远处自己生于斯长于斯的家园。往日巍峨恢宏的王府此刻竟可怜得如积木般被随意堆放在无边的原野上，了无生气；只有庄园角落里那棵自己和小伙伴们常常在下面玩耍嬉戏的高大的榆树，仿佛在踮着脚，不舍地向她张望。

莫名地，布木布泰的心头一阵发热，鼻子止不住地发酸，两行热泪断了线似的流了下来。她突然意识到，自己一直住过的屋子、屋后荡过的秋千以及刚刚骑熟了的红得像傍晚的云霞似的小马驹，今后将再也见不到了！再见，就只有在梦里了。风，打着旋儿，卷荡着草地上的衰草沙尘，没有方向地在车前车后呼啸来去；那一刻，她下意识地默默又深深地“记取”了故园里那棵挺立在模糊视线里的高大榆树；她暗下决心，今后不管风从哪里来，路向哪里去，都要像那棵高大的榆树一样，根深扎地下，头高高抬起，张开双臂，向着天空竭力生长。

车轮辘辘着再次启程的时候，布木布泰完全沉静了下来。身边随从们中间关于她的各种猜测说法，不经意间传到她的耳朵里时，她一一把它们当成了野地里飘转着的风；内心却打定主意，此后无论何种际遇，她都要保持自我，努力着去长成一棵树。

没得选择，却注定了此生的坎坷。她 12 岁的远嫁，并不是因了心上人的召唤；而是自己的亲姑姑为了保住自己乃至家族的地位而亲自挑选出她来去嫁给她的姑父做代孕的。现在想来，更为悲剧的是一个女子在如花的年龄里，爱情却成了权势黑屋子里难以得见的阳光，甚至连想想都成了奢望。一入侯门深似海，宫门禁处更是步步惊心！为了保住江山，皇太极要平衡各方势力。布木布泰在宫中的地位起起落落反反复复，打摆子一样，一阵冷一阵热；假如没有一颗坚定而又沉静的心，是无论如何也应付不了那些无休止的纷乱与浮躁的。

树高千尺就要迎受八面来风。31 岁，丈夫去世，为帮儿子争皇位，她运筹帷幄，伺机出击。6 岁儿子即位，却又政敌环伺，危机四伏；加上叛逆期的儿子，爱情第一，信仰空虚，与她处处违逆。此间，她把各种平衡术发挥到极致。49 岁，本想颐养天年，24 岁的儿子猝然离世，随之 8 岁的孙子登基，权臣跋扈，八方摇动，亏得她苦心积虑，稳定朝纲。危难面前，她有着坚定的信念、坚强的意志、坚韧的毅力；她坦然，从容，稳重；她力挽狂澜，全力扛鼎，终于为后来的“康乾盛世”打下了坚实的基础。

布木布泰，也作本布泰，意为“天降贵人”。人们给刚出生的子女取名，大都包含着深意寄寓着厚望。饶是如此，她的父辈们也绝不会想到她一个弱女子身处沧海横流的历史大潮中，能够在短短几十年的岁月中演绎出如此辉煌壮丽的人生。她历经四朝，培育辅佐两代君主，见证了清军入关和皇太极、顺治、康熙登基等重大政治变革。历史风云淹没了多少英雄豪杰，却让这位出生在蒙古大草原上的小女子，长成了一棵参天大树。

细思量，人们日常栽树也都盼望着新栽下的树苗快速长高长粗长直，长成栋梁。达尔罕王府里的老榆树在不知经历了多少岁月，熬过了多少风霜后，终于挺立成了一道风景，生发出了一段传说。它的苍茫、它的遒劲、它的旷远、它的伟岸，如今都成了人们望之肃然见之礼敬的缘由。

端详着那棵苍劲的老榆树，我陷入沉思，不知多少个不眠夜里，布木布泰会想起故居里的这棵老榆树，它一定给了她无穷的力量。

初次参观科尔沁草原上达尔罕王府时，我被王府里那棵苍劲沉郁的老榆树震撼住了，我被它独有的气度深情所折服了。

隐隐鲍山青

“云中一点鲍山青，东望能令两眼明”，这是北宋著名史学家、文学家曾巩在其知齐州时，登华山，望鲍山，追思春秋大贤鲍叔牙有感而写下的两句诗。

鲍山位于泉城济南的东部，开车从其北邻的高架桥上经过，稍加留意就能看到。虽说在周边林立的高楼掩映下，鲍山只能时隐时现，但山上树木繁茂，四季“柏森森”，与周围那些高大呆板的楼房相比，更像是在呈现着一种别样的存在。

“山不在高，有仙则名”，鲍山就属于此类。鲍山因为曾是春秋时期齐国大夫鲍叔牙的食邑而得名；世人因为敬佩仰慕鲍叔牙的品行事迹，从而喜爱鲍山。历史上，鲍山曾经繁木成荫蔚然深秀，也一度树木被砍伐殆尽变成荒山秃岭，现经绿化改造，又恢复成杂花生树名木成林的休闲佳地。但其高度与体量决定着，自古及今充其量它也就是个普通山丘。不用说各地的名山大川，单就和附近的几座山相比，它也相形见绌，毫无特色。然而两千多年来，鲍山就像一座丰碑矗立在这儿，吸引着无数贤人名士前来献礼膜拜，并写诗作文称颂。

不揣冒昧，说起来鲍叔牙还是我自小就敬慕的人。记得上小学的时候，不知道从哪里弄到了一本书——《春秋战国故事》（少儿读物，多插图）。那个年代能有本课外书，可不是件容易的事。因此，那本书在我手里，被翻来覆去翻了个烂熟。俗话说，世上没有白下的功夫。上中学时学习文言文，同学们都愁眉苦脸时，我却轻松自如游刃有余，原因就沾了对春秋战国事件熟悉的光。这其中最吸引我的就是“管鲍之交”的故事。因为那时候经常从广播评书里听秦琼“为朋友两肋插刀”、刘关张“桃园三结义”等侠义故事，所以很着迷“义气”二字。读了鲍叔牙的故事，就觉着这真是个了不起的人物，幻想着自己要是也有个这样的朋友该多好。

长大后，才知道鲍叔牙竟和自己是老乡，还是相隔十余里的邻居。知悉鲍山就在眼跟前儿后，我心中的那份激动与自豪真的无法描述。可是很奇怪的是，时至今日我竟然没有亲往拜谒。多少次匆匆路过，又多少次擦肩而去。说不出具体的原因，好像总是下不了决心。也许是因为担心现实情形和自己一直以来的设想会相差太大吧。

日前，去鲍山附近一个单位参加活动。其间，聊起鲍山周边的改造，以及附近原来的历史风貌。生活在当地的人就开始细说当地原来的情状：哪里是大院，哪里有古槐，哪里有大井，哪里是戏台……只可惜，眼见的高楼起，眼见的一切了无踪影。其中，那位朋友津津乐道着，留给他印象最深的还有一座桥，叫“分金桥”。我插嘴道：“是不是传说中管仲鲍叔牙做生意归来分钱的桥？”他说：“对，对，对，看来你还算对这地方有所了解；有的外地的朋友还误会是梁山好汉分金的桥呢。”

在场的朋友都笑了起来。历史如潮卷走万千世象，时事变迁又催几多斗转星移。因了时光久远，历史永远地掩藏起了太多的本相，当然这也激发起了人们对历史的无尽想象。

那位当地的朋友颇为自豪地说：“以前，这里还有城池呢，就是史书上说的有名的‘叔牙城’。”从曾子固《鲍山》诗的后两句——“若道人心若矛戟，山前那得叔牙城”来看，旧时山下应该确有城邑。翻阅《史记》《左传》可知，这里确实是春秋齐大夫鲍叔牙的食邑，而且因为鲍叔牙德行淳朴忠厚低调，家人承继他的家风福荫以至十几代，所以好长一段时间，鲍世后人在这里繁衍生息，渐成城池也是可能的。可叔牙城并没有一直留传下来也是史实，至少明朝末年叔牙城就消失了。前不久读到明末诗人王象春（1578—1632）的一首诗《鲍山》，“因从白雪楼边过，古店荒碑动我情。云雨山头谁覆手，行人不见叔牙城”，由此可知。

说鲍山讲鲍叔牙，可又有多少人知道，站在鲍山西北望，不远处黄河岸边曾经的茫茫滩涂上，就是“管鲍相交”故事的另一主角——管仲的封地呢！读清代诗人任弘远的《管子城》，可推知管子城传说就在今泉城北泺口附近。有人可能会说，这也太巧合了，该不是附会的吧？

细翻史料，管鲍二人有着非同一般的渊源。两人既是老乡，同为颍上人（今安徽），又是同龄人，有种说法：管仲公元前723年出生，鲍叔牙公元前723年出生或公元前716年出生，大概率是公元前723年；还都是官二代，他俩的父亲都是齐国大夫，同朝为官。大胆推测，两人因了两家大人的关系，从小就在一起玩耍游戏读书，结下了深厚的友谊。“世界上没有无缘无故的爱”，套用一下，世界上没有无缘无故的理解与帮助。从这个基础上分析，管鲍之间的故事就自然而真实了，也就更令人为他们一生的肝胆相照相辅相成而感动了。了解到这些，顺便也解除了我心中对“管鲍相交”的故事久存的一点儿疑惑——曾经坚持认为史书对鲍叔牙这个人物有所拔高了。这也让我更深刻地领悟到古人讲的做学问要“博学之，审问之，慎思之，明辨之，笃行之”的正确性与重要性。

古人写道：“昨经叔牙里，惟见野人耕。”可现在来此呢？好多次，我看着身前身后雨后春笋般涌现出来高高矮矮表面上风格各异骨子里又完全一例的钢筋混凝土堆砌而成的楼房楼盘时，我就会莫名的恐慌唏嘘，就差不多有泪要流出。

青青鲍山虽历数千年湮没变迁，但任你沧海桑田山川巨变，我自隐约其间；再看山下的这些正在、将要或已将完成的改变，却是如此的意兴阑珊！

不见“读书堂”

闲翻旧书，读到宋代范纯仁写的一首诗——《张掞侍郎读书堂》：“三纪仁皇侍从臣，当时文学动簪绅。高明已入儒林传，旧室长存历水滨。岘首空留王粲宅，香山犹识白公真。他年遗迹应无废，不坠诗书世有人。”

张掞何许人也？别急，先了解一下诗的作者范纯仁。乍听名字，大家可能耳生，但提起他的老爹，却会如雷贯耳，那就是写下“先天下之忧而忧，后天下之乐而乐”千古名句的北宋重臣范仲淹。范纯仁是他的次子，人称“布衣宰相”，在政治上颇有建树，后来也拜了相。如此一个位高权重又出身名门的人却在诗中对张掞如此推崇，看来张掞绝不简单。

宋代文坛宗师欧阳修有一首诗，也是写给张掞的，读了你会更加加深此种感觉。其诗《西湖泛舟呈运使学士张掞》，光看题目，一个“呈”字，就能让人感受到人所敬仰的欧阳公对张掞的尊重与礼敬。此外，当时还有其他几位重量级的人物也与张掞交好，暂且不表。

细读范诗，可以看出张掞其人很得皇帝倚重，又有很盛的文名，并在当时就已经被写入传记评说；而且张掞在泉城济南历水边上有一所宅子，这所宅院也非常有名，可以和“岘首诗人王粲宅”以及洛阳香山白居易的白园相媲美；诗人想象着多年以后张家宅院会依然存在，因为张家后人将世世代代保持着诗书继世的家风传统。

那么张家的旧宅到底在哪里呢？说来就在省府济南东边的王舍人。前不久，我因工作来到王舍人街道办事处，几所学校的人相继介绍说，当地人很重视教育，中学是由各村共同出让土地，集凑而成的，所以校园面积大，也都很规整。很自然地，我就想起了历史上的张掞以及张掞故宅。

在北宋，王舍人曾经有一段时间非常高光。这个村里，有一家先后出现了两个龙图阁直学士，并有多位在当时响当当的人物与它发生过直接联系；一个普通的村落，备受瞩目，并被寄予了厚望。

查阅史料，我们知道在宋代“龙图阁直学士”虽不是实职却是荣誉极高的官职。有宋以来，只有为数不多的名臣获此官职。现在确切查到的有范仲淹、苏轼、张叔夜等几个人获此殊荣，即便大名鼎鼎的包拯包龙图，人们都怀疑系伪称未经实授，其他王安石、欧阳修、韩琦等人都没有，而张掞一家就有两人获授此职。张掞外，他还有一个哥哥叫张揆，在当时名望地位比他还高，学问精深，阔于世务，官至右谏议大夫，获进龙图阁直学士，曾任皇帝侍读。一门俩龙图，这可不是“幸运”二字所能解释的，这一点就连当时人所欣羡的“三苏”的苏家都做不到。

话到这里，转入正题。张掞兄弟因为道德文章受世人所重，众多人物路经齐州（济南）时，都要到王舍人去探望慰问他们，比如时称“临江三孔”的孔武仲孔平仲二兄弟，还有苏轼兄弟。熙宁六年，苏辙任齐州掌书记，次年，张掞过世，苏辙作《张文裕侍郎挽词》诗悼念他；熙宁十年二月，苏轼来到齐州，亲往吊唁张掞，作诗《张文裕挽词》说：“济南名士新凋丧，剑外生祠已洁除”，并郑重题写“读书堂”三字，鼓励张世后人承继家风，读书传世。

“读书堂”三字，既是对张氏一门重德行精学问的赞许，也饱含着对故友后人的殷切期望。我们知道，当年苏轼的文章书法名倾朝野，能得他的题字，可是一件难得的事，相信当年的张掞后人必会珍而宝之。想当然，他们会将三字刻于石碑之上，郑重立在家塾内，时刻鞭策家人；只可惜，人事有代谢，世事无常期，不知在何时，“读书堂”刻碑就被掩埋于地下了。500年后，明万历年间有人曾挖掘出苏轼的“读书堂”碑，据说为了保护它，人们将其移到了府城文庙中；我们现在能看到“读书堂”三字只是不知拓于何时的拓片而已，也好！

综合上述，我们能得出一个信息，张家文风很快就远逝了。然而在当时，苏轼的“读书堂”题字，却影响深远。元丰三年（1080），王临知齐州，亲到王舍人村张掞家并作《题故龙图侍郎张公旧隐读书堂》诗，刻碑留存；元丰四年（1081），范纯仁知齐州，又作了《张掞侍郎读书堂》诗，亦有刻碑。

从现有的史料可以看出范纯仁和张掞应该是交往密切的好朋友，作为好朋友，范纯仁在自己诗里自然而真诚地流露出对张家后人殷切的期许，他想象并期望着老朋友张掞一门家风永续世世代代人才辈出。

当下，王舍人区域的旧村改造如火如荼，地形风貌早已是难觅旧时踪影。据说，前几年还有两块与张家相关的碑刻不时地出现在人们的视线中。有见过的人拍下了图片，细加辨识，其中一通赫然就是北宋元丰三年齐州知州王临的《题故龙图侍郎张公旧隐读书堂》诗碑，而另一通则是清光绪年间的《重修读书堂记》碑。由此得知，虽历经千余年，“读书堂”还是时常被世人惦记而重视着的。

掩上诗卷，我沉思有顷，对着范公画像喃喃自语：“读书堂”碑刻不见，诚可惜；“读书堂”屋舍不存，亦可惜；然而“读书堂”的精神却没有断离。范公，请听——春风起处，二张故里的读书声正琅琅而起。

曾堤“青青草色齐”

——纪念曾巩诞辰1000周年

春到大明湖，远山如黛，近水澄碧，四围景色美不胜收。曾堤两侧，绿柳如织，莺飞燕舞，漫步其上如御风而行，人的心情格外舒畅惬意。曾公有诗云：“莫问台前花远近，试看何以武陵游。”在他眼里，大明湖的景致比《桃花源记》中的武陵仙境可要美多了，还找寻什么武陵啊！

说起曾堤，想到曾巩，内心渐起不平意。据载大明湖原来也叫西湖，后来随着金兵入侵，北人南迁，“西湖”的称谓就渐成了西子湖的专享；其实西湖中的苏堤也是苏轼在受了曾巩所筑曾堤的启发后仿照修筑的，而后苏堤却是久负盛名。细究起来，这些较真儿的想法，都是小意气，属矫情类，意义不大；但有一个现象却极耐人寻味。俗话说“文如其人”“画如其人”“字如其人”，一句话，世间很多作品、产品，冥冥中和他最初的创作者、制造者，都有着某种很有趣味的内在联系；或气质相近，或命运相同，或境遇相似；眼前曾堤的默默，竟和他的修筑者极其相似。

相较于“苏堤”“白堤”，“曾堤”确实显得寂寂而低调得多。然而，到过大明湖的人都知道，近千年来，“曾堤”确实发挥着极大的功效。清道光六年（1826）山东布政使刘斯湄撰写有《曾巩祠碑记》，其中写道“至今民赖（北水门）以安，永除后患”，所以济南人要感谢曾巩。

在他来济南前，济南常年遭受水患。济南的地形南高北低，雨季南部山区洪水加上城内群泉喷涌，水势浩大，常常造成水患。1072年，已经50多岁的曾巩奉命来到济南。到任不久，他就深入百姓中，体察民情。经过实地考察，他在北城进行了大规模的水利建设，疏浚水道，修筑堤堰，开挖河渠，修建水闸等。挖掘出的河泥，他创造性地在湖中由南到北筑了一条防护堤坝，既调节了水量，又便利了南北岸的交通。堤坝筑好后，他又使人在堤岸两侧遍植杨柳竹桃，竟成一大盛景。北门的设立，堤坝的修筑，既倾注了他的血汗，也体现了他的才智。他自己也很得意，挥笔写下了散文《齐州北水门记》、长诗《百花堤》。人们为了感谢他，在湖边修了南丰祠，并把这条堤命名为曾堤。

伫立在曾堤上，遥想曾巩其人，他在济南的岁月真的算是他一生中为数不多的高光时刻。观其一生，曾公不是一个张狂张扬的人，也确实没有做出几件令人眼前一亮的大事。众所周知，曾巩名列“唐宋八大家”，可历史上却时常有人对他的入列颇有微词。老实说，他也确实没有在文学史上给世人留下如其余七人那样的宏文巨篇。

那么该如何看待曾巩其人呢？首先，他的才学毋庸置疑。《宋史》记载，曾巩自幼聪慧，十二岁写作《六论》，提笔立成，文辞颇有气魄。当时的文坛领袖欧阳修极其推崇其文，把他看作最得意的门生。王安石曾称赞他：“曾子文章众无有，水之江汉星之斗。”苏轼也评价其文“曾子独超轶，孤芳陋群妍”，并搬出自己父亲的身份来请曾巩为其故去的伯父撰写碑文。这一切足以证明曾巩的写作才能在当时是得到公认的，可谓领袖群伦。后人研究表明，曾巩的文章之所以在后世影响不大，主要受其写作题材写作风格影响。曾巩自幼就偏重史传、策论一类的应用文，长于说理；虽章法谨严，温厚典雅，但不甚讲究文采；所以不为后人所重，传之不广，是可以理解的。

其次，我们还要遵循“知人论世”的原则，去理解曾巩。曾巩属于“官三代”，深受严谨规范的传统官场哲学的影响。他自小就养成了温厚端正老成持重的处世风格，不轻易露锋芒与人争短长；体现在写作上，他的文章中规中矩的多，汪洋恣肆任意纵横的少，惊人之语更不会轻易出现。而且，他生活在一个大家庭中，一个哥哥，四个弟弟，九个妹妹。父亲去世后，家道衰败，他接过持家重担，奉养继母，照顾弟弟妹妹等，生活的重任使他不敢有丝毫闪失疏忽。还有，谈论曾巩尤其不能不提那场被后人评为“千年科举第一榜”的科考——嘉祐二年科考。那一年科考，可谓龙虎风云会。看看参与其中的人吧，主考欧阳修，副主考梅尧臣；考生苏轼、苏辙兄弟，曾巩、曾布兄弟，程颢、程颐兄弟，章惇叔侄等；这榜考生中，后来名列“唐宋八大家”的 3 人，官至宰相的 9 人，成为宋朝理学大家的 3 人。处在这么一个人才辈出的时代，是幸事，也可能是悲事。历史证明，连欧阳修、王安石在内，那个时代的优秀人物几乎没有不受到政治斗争冲击的。反观曾巩在那样的政治环境里，既坚持了操守，做出了政绩；又保护了朋友，保全了自身，实属难能可贵。要知道他的亲弟弟曾布，虽官至宰相，最终却是被《宋史》列进《奸臣传》的；好朋友苏轼更是尝尽了贬谪的苦头。

漫步曾堤，我终于明白，曾巩并不是那种机灵风趣活泼幽默，能给人带来无尽快乐的人；但他品性稳重敦厚端方正直，却能给人以可靠本分的信赖感。人处在顺利的环境里容易迷失容易浮躁；如在复杂多变的局面下，能够静下来、沉下去，认认真真地做一两件有意义的事情，也是难能可贵的了。他一如眼前这朴实的曾堤，不张扬不显摆，踏踏实实，静默如初，长久地固守着自己的初衷。

这让我想起了曾公比较有名的两句诗——“一番桃李花开尽，惟有青青草色齐”（《城南》）。

三分明月夜，二分在泉城

又是一年中秋月儿明。

想起两句流传较广的前人诗——“天下三分明月夜，二分无赖是扬州”。大约1200余年前，唐朝一个叫徐凝的写牡丹的高手，不知出于什么考量，“擅自”把天下三分的明月夜就给了扬州“二分”。语气里虽带着些许的不好意思和“承让承让”式的谦虚，但骨子里却透着十足的傲骄和舍我其谁的霸气。作为一个久居济南的人，我对此心怀忿忿，颇不以为然。可也怪，1200多年了，竟也没人与其争论，较真儿。

今晚微醺，坐在洒满月华的阳台，我却生了兴致，“来来来，徐老夫子，今晚咱就举杯问明月，何处月最美?”

赏月，得有水，所谓“镜中的花，水里的月”，格外是一种意境美；而说到水，济南号称“泉城”，“家家泉水”，得天独厚。单说那“明湖月夜”，却也是久享盛名。

说起大明湖，不能不提曾巩，在他知齐州（济南）时，除了革除弊政，打压豪强，优抚百姓外，还积极兴修利民设施，改善民生。他对大明湖的改造最为成功。修建北水门，构筑湖中堤，搭建风格不同的多架湖桥，植柳，种荷，使大明湖宛若一方碧玉镶嵌在泉城内。想象一下，四围山色，一方碧水，在有月的晚上，或圆如盘或弯如钩，如诗如画，不知撩拨起了多少人的诗情。即便曾子固为人低调朴讷，他也饱含情感地对济南山水极尽赞美之能事，他曾多次叙写明湖的夜月。在他即将离开时，他写道“从此七桥风与月，梦魂长到木兰舟”；离开多年后，他又写道“谁对七桥今夜月，有情千里不相忘”。与李白、苏轼等人比，曾巩不是个浪漫煽情的人，甚至都比不上杜甫，但我们依然能从他质朴的诗句里，感受到明湖月夜的美给他带来的不舍与难忘。顺便说一句，那时的大明湖，就叫做“西湖”，不知何年何故，“西湖”美名他属，叫起了大明湖；也好，这正契合了济南人不争的厚道性格。

赏月，得有柳，“杨柳岸晓风残月”，不知曾引多少人神伤；而大明湖的柳最是一绝。因了济南泉水丰沛甘冽、冬温夏凉的缘故，大明湖里柳树繁多、高大、柔密、茂盛，摇曳多姿，顾盼生情，它还有自己专属的名字——“明湖柳”。“四面荷花三面柳”，“家家泉水，户户垂杨（杨柳）”，放眼海内外，这是没有哪一个城市能比的。别说扬州瘦西湖的柳，就是那顶着“柳浪闻莺”盛名的杭州西湖的柳，对此也得自惭形秽。“月上柳梢头，人约黄昏后”，无论春夏秋冬，每一个有月的晚上，在泉城，在大明湖，都是浪漫而温情的。

赏月，当然得上高楼，“明月照高楼，流光正徘徊”“独上高楼月满天”“月色入高楼，相思两处愁”“一夕高楼月，万里故园心”“无言独上西楼，月如钩，寂寞梧桐锁清秋”，等等。似乎高楼与明月是天然绝配，而大明湖恰好就有号称“江北第一楼”的超然楼。超然楼临湖而立，上下七层，层叠而上，可远眺，可俯察。该楼始建于元代，历史悠久，气势宏伟。明代诗人杨衍嗣有诗句写道：“近水亭台草木欣，朱楼百尺回波渍”，正是超然楼的真实写照；他还写道：“七桥风月谁收却，散入湖心已十分”，这是他在楼上观月时的所见所感。而今，超然楼修饬一新，更见气魄，只待诸君前去登楼，对月感怀惆怅。

其实，在泉城济南还有好多赏月的绝佳去处。

千佛山可赏月。月色如水的晚上，登山赏月，绝对会有意想不到的收获。一路上，月光透过树影缝隙筛洒在台阶上地面上，如“积水空明，水中藻荇交横”。登上山顶，山高月小，游目骋怀，意境全出，人也会有超凡脱俗之感。更妙的，山下有大片的梅树。早春时节，梅林赏月，恍惚间，恰是“疏影横斜水清浅，暗香浮动月黄昏”。

五龙潭可赏月。五龙潭潭水深逾丈，水尤清洌。潭边乱石排布，犬牙参差；四面竹树茂密，高低有致。月光投在水面上，水中锦鲤戏月，水波动荡，推出圈圈涟漪，喷薄欲出，让人疑心月亮本来就是在水底，是水底龙宫里的宝珠在发光。

趵突泉可赏月。趵突泉三泉竞喷，水涌若轮。在月圆的晚上，泉水会喷涌得更加猛烈些吧，“波涛声震大明湖”。坐在湖边亭里，品一杯清茗，很快人就会自失其来。若不是旁边的菊香阵阵袭来，月色、泉声，会带你到很远的世界里去，而不得回。

当然，赏月还可去七星台，那里有着“亚洲最美的星空”，月亮大到给人不真实的感觉，近得就像在头顶上，亮得能看清对面人的眉目。还可到灵岩寺，高高的辟支塔、黑魆魆的郎公岩，在静穆的月光下，会有种禅定的静美。最好，再有钟声敲起，那就悠远悠长得含蓄深邃了。

在泉城济南，处处可赏月，处处月光美。如果有心，去曲水亭街、百花洲畔租一间半椽的矮屋，坐在天井里，喝着泉水大叶茶，守着一方粗笨桌儿。月色下，一坐就会半宿儿。去到护城河、小清河边；最好，坐一趟画舫，吹着徐徐的风，看两岸灯光琉璃，月随船行，船伴月眠，真有点“桨声灯影秦淮河”的意味儿了。

一番比较，酒醒几分。我知道，当年徐老先生写那首诗时，除了他对扬州月固有的几分偏爱，更多的是心有所系；而我今番较真儿，却是实打实地源于对泉城对泉城月色的爱。化用诗圣杜甫一句诗，真可谓“造化钟神秀，泉城月最美”！

南窗夜咏

陈永修与玉岭山

闲翻《续修历城县志》，读到两首旧诗，很有意趣。

其一，《游玉陵山》：

山村一路石崚嶒，共御东风上玉陵。
十里人家青霭合，三春杨柳翠烟凝。
云中探胜焦延寿，画里寻诗王右丞。
更有刘郎能好客，携将名酒醉良朋。

诗前有序："春日同焦茂才化鹏、王少尉履三登玉陵山，刘光庭携酒后至，觞于山巅一首。"

其二，《登玉陵山示及门诸子》：

玉陵山色碧于烟，寒食东风共仰攀。
童冠从游青嶂外，团圞围坐翠微间。
赏心花鸟文章丽，到眼菑畬稼穑艰。
也识舞雩归叹咏，韶华一去遣春还。

两首诗由同一人所作，作者陈永修。两首诗记述的又是同样的事情——春日登山，而山又是同一座山——玉陵山。初读两首诗，便觉惠风和畅，兴高意远，清新惬意的感觉扑面而来。不禁要问，陈永修何许人也？而玉陵山又是哪座名山？

查《续修历城县志》，在第四十一卷列传三，有一段文字：“陈永修，字子慎，邑诸生。少师马国翰，亟蒙矜赏。及长，肆力古文辞，博雅工诗。性宽和，无疾言遽色。然遇事果毅，有经世才。咸丰十一年，‘捻匪’犯境，举人陈大鹏率乡团御‘贼’，永修佐焉。及大鹏殉难，永修以身免。自是隐于家，授徒自给。教人原本小学，而责以实践。出其门者，皆恂恂恭谨，望而知为永修弟子。年七十余卒。著有《鲍西楼诗文集》若干卷，藏于家。”噫，老先生竟是地地道道的济南历城人！

“邑诸生”，即本县的秀才。推敲前后“列传”所记，陈大鹏、陈田都是原历城县邓家庄人氏，而陈大鹏是他的堂兄，陈田是他的族叔；而且他也自言家住在鲍山以西，这一切可以证明他应该是鲍山以西王舍人、殷陈附近的人，甚或就是邓家庄人。参考其他资料可知，陈永修应该生活在道光、咸丰年间，是清代济南历城籍（全福庄）文献学家、藏书家马国翰的学生。他性情宽和，为人低调，尚正义，善诗文，懂教育，学生众多，颇有诗文传世。

史载，陈永修先生遵循孔子的教育思想，重视德育、美育，向往和与乐的理想境界。他主张“学舞雩游”“捐尘俗”，重视实践教学；强调品行教育，讲“忠信”，强调写文章要发自内心，要有真情实感。先生晚年在读书授课之余，常常和朋友或带着自己的学生，遍览济南四周的山水名胜。他注重培养学生对家乡故土的热爱、对大自然的热爱，并鼓励学生歌咏创作，涵养情感，在实践中增强学问。在诗文创作上，他身体力行，躬行实践，为我们留下了大量的诗文作品。其中许多歌咏历城及其周边山川风物的诗作，对研究历城的历史文化、风土人情具有重要的价值。

下面，让我们试着品读一下陈永修先生关于“玉陵山”的这两首诗。两首诗为我们描绘了两幅温馨快乐的画面。第一幅，春日里，风和日丽，阳光明媚，几个志趣相投的好朋友，沐着春光，吹着煦风，沿着一条石板铺就的长长的山路迤逦而上。来到山顶，放眼山下，依依炊烟，袅袅春柳，四人情致勃发，逸兴遄飞。秀才焦化鹏非要学东汉的易学名家焦延寿独自去攀爬另一山头一探究竟。他越爬越高，仿佛已入云中。少尉王履三能诗善画，一时仿佛唐代大诗人王维般深深地陷入了对诗与画的构思。“种桃道士归何处，前度刘郎今又来”，同来的刘光庭素有唐代诗人刘禹锡的风度。此次登山，虽然来得晚，却带来了美酒佳肴。稍后，四个好朋友齐聚山顶，赏着美景，把酒临风，遥襟甫畅，好不快哉。真可谓，其喜洋洋者矣！另一首诗，从诗题上看，是他带着一众学生，在登山赏春。某年的寒食节，一位老先生带着一群少年学生，爬上郁郁葱葱的玉陵山。大家团团围坐在满目青翠的山顶。老师训诫学生，既要能在看到赏心悦目的美景后写出华丽的文章，也要能从山下忙碌着耕耘的身影里体会到百姓稼穑的艰辛。读来，虽有呆板说教之嫌，却也能深刻体会到作为老师的那份殷殷劝善之心。

然则，诗中给诗人带来无限快乐的玉陵山又是哪座名山呢？久询无果，只好重到陈先生的诗文里找寻。恰巧，在他的组诗《神武道中杂咏》中，似乎找到了踪影。现抄录于下，细作探究。组诗共四首。

一

磊落嵚崎卓不群，乃神乃武石将军。

阑风伏雨尘烟劫，独立苍茫送夕曛。

二

南奎山对北奎山，两道文光缥缈间。

更有玉陵山色好，芙蓉天外翠回环。

三

忆昔徵之赋会真，子虚乌有了前因。

如何普救名吾岭，竟认双文是可人。

四

普济湾头垂弱柳，炳灵宫外秀孤松。

分明一幅云林画，谁把丹青写淡浓？

从整组诗的内容看，诗人记写的应该是济南市历城区港沟街道神武村的相关物事。诗一，写村子里既神且武的将军石像，暗示村名的传说由来。诗二，写村子的大体地貌。村南村北，两座独立的小山丘兀自遥遥相对，就像两颗奎星互照，象征着村子文运昌盛；而玉陵山蔚然深秀，翠如芙蓉，仿佛从天外飞来环绕在村前。诗三，记写与村子有关的传说故事，并提出质疑。诗四，则是诗人走进村庄，近距离描写村子如画景致。垂柳、水湾、殿宇，加上远近的山陵，参差映照，浓淡相宜，恰似一幅山水云林画图。

重点看第二首，诗中提到一座仿佛从天外飞来的宛若芙蓉的山，山名“玉陵山”。细加推究，此“玉陵山”应是上面两首诗中提到的“玉陵山”。陈永修先生家住鲍山以西，距离神武村，也就二十多里；在这么近的距离里，出现两座同名的山几乎是不可能的；况且，山名

"玉陵"二字，不似南山、北山的通俗直白，很难出现差错。

从泉城济南出发，沿旅游路东行，行至市委党校，就见党校坐北朝南，背靠在一座郁郁葱葱的山头上，而这座东西走向的山峰，正如屏风般环绕在历城区港沟街道神武村南，山名为"玉岭山"。"陵"与"岭"音近，读"岭"音，对于旧时文化水平普遍不高的村民来说，更容易接受，时间一长，被呼为"玉岭山"，就很好理解了。只是旧时读"陵"，似乎还隐含有其他的讲说，惜乎不传！

此外，仔细推究组诗中透露的信息，从武将石像、南北奎山、普救岭、双文、普济湾、炳灵宫等字眼上看，神武村一定是个有故事的村庄，而玉岭山也必定隐含着久远的传说，要不也不会吸引陈永修等当年名流、青年才俊多次造访，并欣然命笔，连篇吟咏。

很可惜，前几年玉岭山曾被粗滥地开采过，山体遭到不小的破坏，现在正慢慢恢复中，往日的模样业已初现。春到玉岭山，满目青翠。从山脚到山顶，各种花树次第开放。杏花烂漫，桃花灼灼，蜂飞蝶舞，春意盎然。试想陈永修先生如能再次登临，必会诗情勃发，佳句频传。

腊月，说豆腐

我国北方农村的习俗，进了腊月门，就开始忙年。忙年，可是大事儿。为了不至于乱忙，人们约定俗成地安排好了每天该忙的事儿，并编成歌谣："二十三，祭灶官；二十四，扫房子；二十五，磨豆腐；二十六，割年肉；二十七，杀只鸡；二十八，蒸枣花；二十九，去打酒；年三十儿，捏造鼻儿（饺子）；大初一儿，撅着屁股乱作揖儿。"就像记事本，标记着每天该做什么。

"二十五，磨豆腐"。说起"豆腐"，在人们心里，当下它早已没有了原来的地位；虽然说饭桌上依然少不了，但更多的是取其谐音"都福"，即祝愿大家都有福的意思。而今，豆腐的重要性在人们日常生活、节庆中减色不少，然而关于豆腐的趣事，却有很多，有的还饶有趣味。

多年前，写过一篇《做豆腐，蒸年糕》。仔细地记录了记忆里，小时候跟着父母大人们忙年的场景。犹记得，在那个年代，"豆腐"是整个腊月里，以及过年节少不了的必需品。它的存在装点了父母亲无数个接待亲朋的场面；有它在，母亲就安心，就不会显得太寒酸；而它也充分体现了自己的价值。可蒸，可煮，可炸，可拌，可包水饺，可做鲜汤；每一个场合，它都粉墨登场，大显身手，出尽了风头。

有朋友会问，豆腐到底是什么时候出现，哪个人最先制作的呢？问得好。

据考证，在汉朝时有个淮南王叫刘安，他饱食终日，欲求长生，于是乎要炼丹。他不惜重金广招方士，先后招来八人，号称“八公”。他带着八人登北山，造高炉，炼仙丹。他们精选山中“珍珠”“大泉”“马跑”三泉的水，细细地磨制豆汁，又用豆汁精心培育丹苗，谁知丹丸没练成，豆汁与盐卤化合后，却变成一大片白嫩嫩香气四溢的东西。愕然间，有个胆大的取了一点儿，用口尝了尝，竟然爽滑可口，别有风味！大家争相食之，欲罢不能，于是取名“豆腐”。到如今，每年的9月15日，安徽省淮南市都要举行豆腐文化节，就是在纪念“豆腐”的来历。

其实，在我的记忆里，另一个一家人围炉吃豆腐的场景，更让人觉得温馨温暖，难以忘怀。那就是朱自清先生的散文《冬天》里写到的——“水滚着，像好些鱼眼睛，一小块一小块豆腐养在里面，嫩而滑，仿佛反穿的白狐大衣。锅在‘洋炉子’（煤油不打气炉）上，和炉子都熏得乌黑乌黑，越显出豆腐的白。这是晚上，屋子老了，虽点着‘洋灯’，也还是阴暗。围着桌子坐的是父亲跟我们哥儿三个。‘洋炉子’太高了，父亲得常常站起来，微微地仰着脸，觑着眼睛，从氤氲的热气里伸进筷子，夹起豆腐，一一地放在我们的酱油碟里。”不用读完，你就会泪目呢！

生活中，人们喜欢豆腐，除了豆腐的制作方法相对简易，还与它的原材料——大豆有关。在我国，大豆的种植历史非常悠久，而且种植地域遍布大江南北。千百年来，大豆陪伴万千生灵度过了无以计数的日子。人们对大豆、豆腐，也一直是感恩于心。苏轼、陆游等都在诗文里提及，还给它取了自以为更好听的名字——“菽乳”“黎祁”。苏轼有一首《蜜酒歌》：“脯青苔，炙青苔，烂蒸鹅鸭乃瓠壶。煮豆作乳脂为酥，高烧油烛斟蜜酒”，写的就是他眼里的美食“豆腐”；而比他稍晚的陆游也在自己的诗里写道 ：“拭盘堆连展，洗鬴煮黎祁”，描述了他认真煮豆腐待客的场景。

说来，我更喜欢它的另一个雅号“寒窗故人”。在明代史学家谈迁所著的《枣林杂俎》里有一段文字——“武进孙文介宗伯（慎行）持行清峻，门生某来为巡台，留饮五簋。巡台欲起，公曰：‘少需之，有寒窗故人相见。’巡台意密客，坐俟之，屡求面。已设菽乳，指曰：‘此吾寒窗故人也。’”文辞简约，意蕴悠长。在那个年代，多数读书人都会有一段艰苦岁月，紧紧伴随的除了寒窗孤灯旧书，更多的是清水豆腐。他能称其为“故人”，也算是有心了；当然，这也是他对弟子世人的提醒——做人不要忘本！

正月，走亲趣事

在我国北方，正月里顶重要的事是走亲访友，俗称“走亲”。千百年来，人们传统观念里早已形成了共识——亲戚不走，就断了来往；断了来往，就会失去根源，忘记了所来，这对于长期生活在农耕背景下的人来说，是很痛苦的，也是不可以接受的。关于“走亲”，人们还约定俗成地编排了顺序——“先看丈人再看舅，姑父姨父排在后”。舅舅、姑父、姨夫，传统观念上都是至亲，是必须要走的。

正月里走亲戚，除了正常的联络感情、闲话家常外，还传递着不同的信息，其意义丰富而深远。当然，这么多年来，走亲过程中发生了许多有趣的事。近日有闲，采撷几个，姑且一笑。

一　偷酒壶

一到正月，人们就忙着走亲；但总有情况特殊的时候，特别是年轻人，都有更为重要的事情要忙，难免会有所疏忽。多年前，我写了一篇短文——《我的大姑》。大姑远嫁他乡，却乡情特重，每年春节过后，都要择定日期，大包小裹，老老小小，仪式感很强地回老家探亲。后来，年龄渐大，加之身体又差，出不了远门，就开始督促儿女们来。

有一年，老人家发了大火。这年春节刚过，几个表兄弟忙着其他事情，还没有要回老家探望的意思。大姑催了几次，表哥们都应付着"好""好"，就是没见行动。

一天早上，大姑很早就拄着拐杖来到大表哥家，进门就训斥道："丢人现眼的，你怎么把你娘舅家的酒壶偷来了？"大表兄一怔，很委屈地说："娘，您别生气，俺啥时候偷了俺舅家的酒壶了，俺都好长时间没有去了。"大姑更加气恼，扬起拐杖就打，嘴里嚷嚷着："打的就是你好长时间没去了，连过年都不想着去看你舅。"表兄恍然大悟，连忙表态，马上召集表兄妹，第二天就回老家探望，这样，大姑才消了气。大家听了哈哈大笑。

二　岳父大人安康

上世纪50年代，我们村一个人年近40了，但一直找不上个媳妇。他的家庭虽说不上富裕，但日子也还过得去；本人条件也可以，有模样有个子，加之父母二人忠厚本分为人也好。按理说，到了年纪，说个媳妇应不是个难事。后来，人们琢磨问题还是出在男子自己身上。

那个年代，虽然刚刚解放不久，但随着人民政权的建立，各种新风气新礼仪迅猛地涌入，村里迅速广泛地形成了新风尚。而男子曾读过近十年的私塾，读得据说还不错，并曾幻想着，有机会考出点名堂。后来，虽说恢复科举的迹象越来越渺茫，但"万般皆下品，惟有读书高"的意识却深入骨髓。

人们先是苦心劝他，放下书本，拿起锄头，他却颇为不悦，雄辩滔滔；后来，见劝不了他，就有闲人讽刺挖苦他——“四体不勤，五谷不分”，不识时务。说得多了，他又没有足以为证的情形来辩驳，只好摆出一副懒得搭理的样子，摇摇头，之乎者也一番。久而久之，他的穷酸，就成了村人眼里的笑柄。你说，谁家愿意把闺女嫁给他。

俗话说，“风水轮流转”，也许是时来运转，在他40岁的时候，终于说上了个媳妇。娶上了媳妇是好事儿，可来年大年初二，上门走亲却让他作了难。初次登门，一见岳父母，该怎样称呼呢？这可是大事儿！

媳妇劝他，别人怎么说，咱就怎么说，无非是“爹妈，过年好，身体好”之类的。他摇摇头，很不以为然地说：“太俗了，太俗了！再说，也显不出我的身份。”妻子一听，就很烦，说：“那好，就看看你的本事吧，别出洋相就行！”平日里，他总拿本书装样子，对里外的活儿，不管不顾，妻子本来就有意见，所以对他也没有好气儿。

走亲那一天，很快就到了。因为是新女婿初次登门，岳父一家也格外重视，带着亲戚、家人，早早地就站在家门口迎接，旁边还站着一些看新女婿的邻居。

来到门前，这人一看岳父搞得这么隆重，于是越发兴奋，觉着终于可以露一小脸了。只见他抢前一步，深施一礼，然后直起身子两手一抱，朗声说道：“岳父大人安康！安康！小婿这厢有礼了！”——很标准的一套戏词。众人先是一怔，继而哄堂大笑，因为在那个年月，这些话语早已没有人讲了；再说，左右都是一些常年种地的庄户人家，谁受得了这个。

在他被众人笑得发蒙之际，老岳父憋红着脸，扭头就进了家门。

你看看，正月里走亲戚，讲话得体，礼节合宜，是不是很重要啊!

三 我来了

同样是正月里走亲戚，有个小伙子还得了个响亮的名号——“我来了”。别想岔了，这人可与旧时章回小说里的人物“我来也”，绝对的风马牛不相及。这个故事，是我不久前听来的。在此声明一下，是要对原出处示以尊重。

有一次聊天，几个趣味相投的朋友，相互讲起了曾经的故事。座中一个朋友说，他原来生活的村子坐落在群山里。那时候，走亲戚串门子，很不容易。他们村有一个人因为每年大年初二都要走岳父家，还得了个外号，叫“我来了”。

如今经济发展了，交通极其便利，信息极其畅通，人们享受着改革开放带来的巨大红利；而在40年前，相比而言，那可是天壤之别。现在那些出生在70年代以前的人都有过相同的经历，说来，一言难尽；但有一个段子很生活——“交通基本靠走，联系基本靠吼，治安基本靠狗”，说的就是那个年代的事儿。现在的年轻人可能觉得难以想象，而在那些过来人那里，却是如此的真实。

朋友出生在一个小山村。山村，春天山花烂漫，夏日浓荫蔽日，秋天果实累累，冬日白雪皑皑；四季成歌，四季如画。可有一点，山村四周群山环抱，交通极其不便，“山高路险”，“山路十八弯”，随你怎么说吧，但感觉表达得总是不够；而当你蹒跚在山路上，身体又累又乏的时候，才对“望山跑死马”一句话，感受最深。

书归正传，当年那个小伙子虽处深山，却很有福，他找到了一个漂亮姑娘；而姑娘虽家处僻野，却是空谷幽兰，竟别有一番风致。小伙子与姑娘自从相识后，从说媒，到定亲，到成婚，再到开枝散叶，他几乎年年多次去岳父母家走亲戚。

朋友讲得不具体，但很清楚的是，小伙子每次在太阳爬上山岭时，他也爬上了自己这边的山顶，然后就看见了对面山半腰的姑娘家，然后他就是开始高喊——“我来了，我来了，我来了……”

声音在山顶上、山谷中，随松风竹风，飘啊，荡啊，悠悠地，呼呼地，就飘到了姑娘的家门口、菜园里、柿子树下……于是，姑娘的家人、玩伴儿、街坊四邻就开始了忙活。米啊，面啊，鸡啊，蛋啊，花生啊，山楂啊……一一准备好。

可是，当小伙子到的时候，往往都过了饭点了。街坊邻居亲戚朋友又高兴又埋怨的同时，就给小伙子起了外号——“我来了”。

朋友，你说小伙子辛苦吗，姑娘心酸吗？我却知道，在小伙子与姑娘心里啊，更多的应该是幸福和甜蜜呢！

“数九”是旧俗，也是雅事

春节前后，四下里气氛格外紧张，众生皆因一种病毒忙乱着，日子都过成了颠颠倒倒。清晨，我偶然看了一眼日历，竟已是“六九”。“五九六九，沿河看柳”，也不知道护城河边的柳树起春意了吗？

前晚，一场小雪不期而至。清晨，大地白茫茫一片，似乎预示着一切终将要归于平静。立春已过，这应该算是春雪了。“踏雪寻梅”本是最应景、最见风雅的；可今年行不通，这雪只给枯燥乏味的时光，添了些许的乐趣。疫情还未结束，人们还得按要求待在家里。在家家户户男女老少隔窗看雪的时候，我自玩味起了“数九”。“数九”本是旧俗，却也是一件雅事。

“一九二九不出手；三九四九冰上走；五九和六九，沿河看杨柳；七九河冻开，八九燕归来；九九加一九，耕牛遍地走”，“数九歌”朗朗上口，传唱已久；然而“数九”起自何时，却不可考。早在南北朝时，在北方汉民族居住的区域，它就已经广为流行了，这有文字佐证——梁代宗懔《荆楚岁时记》里，有“从冬至次日数起，至九九八十一日，为寒尽”语。探本溯源，“数九”的产生绝对不是奔着好玩而来的。且不说在古代，也不说在曾经的旧社会，单就说如今那些出生在20世纪70年代的人，大凡有过北方冬天生活经历的都会懂得

——寒冬猛于虎！那年月，一到冬天，零下一二十度，没有可靠取暖保障，没有足够的御寒衣物，粮食又严重匮乏，这些足以令人丧命。有一句俗话很真实又很凄凉，“进了腊月门，冻死一家人”。

由此看来，“数九”在广大平民百姓那里，更多的是代表着一种对于严寒饥饿恐慌焦虑的情绪，是一种无奈无助中逼迫自己克服恐慌强化信心的方式。在这里，度日如年的说法最恰切。唐僧取经要经九九八十一难，平民百姓过冬，也好比西天取经，一天一难！有人问，为什么偏偏要数“九”呢，数字“七”“八”不也很吉利吗？数字“九”，可不是随便选的，这和中华传统文化息息相关。除了“九”是最大数，是至阳数，以及九九八十一天，暗合了节气的转换节奏外，它还有否极泰来由衰转盛的寓意。

此外，在民间和“数九”对应的，还有一个词儿——“熬冬”，很显然它是穷苦人发明的，可谓意味深长！然而，日子总去“熬”，那还怎么得过?！面对苦难，一个优秀的族群，自会有更为积极向上的方式方法。千百年来，面对严冬，我们伟大的民族除了在物质上竭尽所能全力对抗外，在精神层面上也是乐观进取积极探索，竟至创造出了“数九”。随着“数九”风俗的流传，又衍生出来多种多样的“消寒图”“消寒诗”。寒冬里，人们“画九”“写九”“唱九”，乐观自信，斗志昂扬，寒冬又能奈我何！

前不久，读到一段回忆性文字，莫名地感动。讲的是，在上世纪三四十年代，陕北农村有一个老农，每年一进腊月门，首要的事情就是到大集上，买一张“数九图”。“数九图”有好多种，别人给他推荐铜钱样式的、多子图式的，他都摇摇头，淡定地说“照例来一张蜡梅数春图”，然后从贴身口袋里摸出一个个铜子来，递上去，再接过“消寒图”，仔细检查一番，叠好，收好。接下来的日子里，老农每天早起后的第一件事，就是走到饭桌前，拿起早已准备好的近乎秃了的毛笔，将笔头伸到嘴里，用舌头把冻干了的笔毫润湿化开，然后蘸点红朱砂，伸着脖子躬着身很专注地在高高挂起的消寒图上描画上一瓣梅花。整个冬天，老农都是这样，每天早起第一件事，仪式感很强地去描画一瓣梅花。直到九九最后一天，老农全力以赴画好最后一瓣梅花，然后望着一树的嫣红，把旧笔一丢，高兴地吐出一句："春天来了，该上坡了。"（"九九加一九，耕牛遍地走"）

上面说过，在冬日里人们"数九""画九""唱九"，花样繁多，层出不穷；甚至连位列九五之尊的皇帝也凑热闹，亲自精选九个九笔画的字，编成"九体对联"，诸如"庭前垂柳珍重待春风，屋后流泉幽咽洽香草"等，让人们每日填写，以示与民同乐。士大夫阶层更是附庸风雅，别出心裁，有的还在每一日的字或图上，标记好当日的天气状况，家内外的大事小情，有的还成了不可多得的历史文献资料。

然而说起"数九"，总觉得皇帝也好，官员士大夫也好，和前面那位老农相比，他们总是差了些什么，俗气得很；远不如那位老农来得虔诚郑重。还是看那位老农吧，破屋陋居，衣单被薄，却是信心满满，雅量高致。在他简陋的屋子，一树长有八十一瓣的红梅，生机勃勃，春意盎然，再大的严寒风雪，在它面前都会怯阵的。

这给我以深刻启示，人生如逆旅，杂处天地间，所经岁月注定并不全是静好。在苦寒乏味闲闷的时日里，我们还是应该努力去养成向暖、雅致、积极的心境。相信，我心一切向好，春天就在不远处。

昙花一现为韦陀

时当夏日，朋友圈里有人晒出晚间昙花盛开的美图——夜色下盛开的昙花雅洁空灵，落落不凡，美得令人屏息；图片引来一众吃瓜群众连篇点赞啧啧称奇。朋友炫耀说，为等昙花盛开，这两天他付出了十足的耐心、细心和信心！然而我深知，要想真正欣赏昙花，更为重要的还得要有佛心与爱心。

歌手乌兰托娅演唱过一首歌曲，歌名叫“莲的心事”，曲调婉转，旋律优美；其中有几句歌词：“我是你五百年前失落的莲子，每一年为你花开一次，多少人赞美过莲的矜持，谁能看懂莲的心事”，初一听，觉着很是矫情；仔细忖度，似乎又有着不尽的言外之意、弦外之音。

昙花被称为“月下美人”，是人们日常钟爱的一种花。人们喜欢它，除了它的花型、花色、花香格外宜人外，还有就是它大都开在深夜，且开花时间极短，能亲眼见到花开，被人们看作是很幸运的事儿；同时，它又表现出了高贵、典雅、脱俗等特质，不由人不钦佩。它的这种开花习性，曾引起人们很大的好奇；而与它关联的一段爱情故事更是凄美动人、感人至深。

相传很多年以前，玉帝有一座很大的百花园，百花园里盛开着各种各样的鲜花，其中有一朵格外娇艳，且时时盛开，香气馥郁。玉帝对它喜爱有加，就封它为花神。花园里有一少年天天负责为花儿除草，施肥，浇水。每当轮到“花神”时，少年格外仔细用心，花神也就绽放得越发娇艳美丽。日复日，年复年，花神与少年渐生情愫，而这显然是违反天规的。时间一长，他们间的事儿还是被玉帝知道了。玉帝取消了“花神”的封号，还专门派人把它看管了起来。同时，玉帝把年轻人送到了灵鹫山如来佛祖处，给他取法名“韦陀”，让他跟随如来学佛，并且彻底封存了少年的记忆。

自此韦陀就在灵鹫山跟随如来青灯古卷虔心礼佛，因他心思纯净，佛法渐深。而“花神”却对少年一往情深念念不忘，她无时无刻不在思念着自己的心上人。一天，她偷偷地躲开监管，历尽艰难险阻，一路跋涉来到灵鹫山，她泣血恳求如来佛祖，让他们两人见上一面。如来劝告她：“韦陀已经皈依我佛，并且完全忘记了过去，还是放弃这段情缘吧。”可是“花神”执意不肯，坚定地请求佛祖给她个机会。无奈，佛祖答应了她。一天，佛祖送给韦陀一盏油灯，以便他晚上夜静更深时继续研读佛法；而油灯的灯芯儿正是“花神”所变，而灯油就是“花神”的眼泪。就这样，天天晚上，“花神”把自己的思念爱恋化成点点泪珠，陪伴着韦陀自夜达旦；眼看着“花神”的眼泪快要流尽了，可韦陀浑然不觉。

佛祖可怜“花神”一片痴情赤诚，又担心如此下去它很快就会香消玉殒，就点化她道：“缘有来处，情有归处。每年初夏时节的深夜，我都会派韦陀去灵鹫山上的花园里去采取花叶上的露珠来煎茶用。你可以在花园里等他，届时或许韦陀会触景生情。”于是，“花神”转身来到花园里化成一棵和自己原来一模一样的花，只是她不再时时开放，而是凝聚整整一年的生命气息刹那绽放在韦陀前来采集朝露那一瞬间。年复一年，她始终坚守着，只为韦陀能回头看她一眼，然后记起她。

千年而过，韦陀年复一年来采集朝露，她就年复一年盛开在夏日的深夜里。有人说，有一次韦陀对她深情顾盼了一瞬，可她太过疲惫了，完全没有注意到；而韦陀转身时，眼角有泪花闪现，并发出了轻轻的叹息。后来，人们感佩“花神”的痴情，也为了表达对她的敬重，就为她起了一个好听的名字“昙花”，而“昙花一现，为韦陀”的故事，也慢慢传播开来了。

“我是你五百年前失落的莲子，每一年为你心碎一次。多少人猜错过莲的心事，慢慢风干变成唐诗宋词。”再听乌兰托娅的《莲的心事》，心思沉静了许多。昙花、莲花都是奇异的花，也都是有故事的花。

华山脚下棉花殿

华山脚下华阳宫，华阳宫里棉花殿，棉花殿里敬蚕神。

走进整饬一新的华阳宫，右拐进东边院落，行百余步，就会看到一处小巧的殿屋。这是一座一开间的单体殿，青砖灰瓦，前墙两侧各辟有一拱形小窗，形制单一，体量较小，毫不起眼。走近细看，殿门上题着仨字——“棉花殿”，这更加令人纳闷。低头，小心走进殿屋，发现迎门塑有一古装年轻女子坐像。神像面庞清丽端庄，眉朗目秀，神色从容，衣饰华美；女子右手高抬，左手托着一个红色笸箩，笸箩上堆放着胖胖的棉花做的白色的蚕茧。女子座下却是一匹白马塑像。白马的身子隐没在女子神像后面，只在神像左侧塑有昂着的白色马头。马头塑像很出彩，丰额凸鼻，竣耳直鬃，刚毅的眼神里，隐隐透着些许凄婉，能看出这是一匹“年轻有故事”的骏马。

至此，人们会一连产生几个疑问：华阳宫里怎么会有这么一个小殿，这个小殿是做什么用的，怎么会叫“棉花殿”，棉花殿里又怎么塑的是蚕神娘娘，而蚕神娘娘身后的白马又是怎么回事儿？……

说来话长，这里面还真有一个神奇而又凄美的故事。相传在很久以前，华山脚下有一个不大的村子，户家不多，依山傍水，人们种稻植麻，生活也算安宁祥和。村里有一户三口之家，丈夫忙时种田，闲时砍柴打猎，妻子在家纺线织麻忙活家务，女儿虽小，却聪明伶俐，日子过得平淡而幸福。

好景不长。有一天，他们国家西边南边的几个国家联合攻打他们的国家，安静的生活一下子被打破了。祸不单行，妻子又生了急病，不久就去世了。边境上局势越来越紧张，村里的青壮男子都被征兵，上了前线。保长曾多次来他家催促应征，父亲看看年幼的女儿，总是不忍心，就多次哀求免丁。可是随着战事吃紧，上面催得越来越急。这次，来催逼的差役放下话来，再不应征，就要除田收屋，将他们赶出村子。

万般无奈，父亲将女儿叫到跟前，千叮万嘱。古代应征打仗，都是自己准备武器用具。男子原本饲养了一匹白色母马，正好年前生下一匹白色的马驹，摇头摆尾，很精神。男子就将小马驹牵到女儿跟前，告诉女儿好好照顾小马驹，等它长高了，自己就回家了。

男子骑着大白马出征了。可一去，就几年没有消息。华山脚下，春天来了又去，芦苇绿了又白。在焦急的等待中，少女一天天长大，小白马也越长越高。在父亲离开的几年里，少女牢记父亲临走时说的话，悉心照料小白马。每天，她都要牵它去寻找最肥美的水草；夏天里，她用凉爽的泉水把小白马涮洗得干干净净。有时为了不叫蚊虫叮咬它，她就拿着用草绳编成的拂子为它驱赶蚊蝇，有时干脆就睡在白马旁边。

平日里，少女也对着白马说说心里话，反正家里就白马驹和她自己。她把内心对父亲思念一一说给它。说她的担心，说她的渴盼，也说自己心事儿。有几次，小白马好像听懂了似的，眼睛定定地盯着她，闪着热切的光。少女兀自笑笑，继续说自己的做自己的。有时，少女想起自己孤零零的情形，或极度担心父亲的安危时，热热的眼泪，止不住地滚过面庞；而小白马竟贴心得靠上来，伸出舌头舔舔少女的手掌，用面颊贴抚在少女的面庞上，它鼻翼里喷出的热气，散敷在少女的脸颊上发丝上，暖暖的，痒痒的，少女就得了很大的安慰似的，心情好起来。好多次，少女抱着小白马的脖子睡着了。梦里，少女就像一朵白云，飘飘荡荡的，轻快而自在。

这一天，村里一阵悸动，和父亲同去应征的人家里传来阵阵哭声。原来，战场上战斗很惨烈，每天都有好多人死去。少女连忙打听自己的父亲。别人说，她父亲作战勇敢，又精于射猎，几次立功，被升了官职；近些天却没有见到他。少女先是高兴，紧接着又一下子心提到了嗓子眼儿。看看邻居家凄惨的样子，她恨不得能一下子看到父亲安全回来。

回到家，少女禁不住又掩面长泣。父亲只有自己这么一个孩子，又是个女儿家，别说替父从军，就是出门找寻，打探消息，自己也做不到。她恨自己，也恨这遥远的路途、漫漫的夜空。想想，又是悲泣不已。这时，懂事儿的小白马凑了过来，伸长脖子靠在少女肩上安抚她。少女心想，这小白马要是人多好啊！又懂事儿，又细心，还可以帮帮自己。这样想着，她边抚着白马的长长的面颊，边自言自语道："小白马啊，小白马，也不知道父亲是生是死；可惜，你也指望不上啊！哎，你要是能出趟远门就好啦，最好能把父亲带回来。"少女停了停，盯着小白马热热的眼睛又说，"你要是能把父亲找回来，我，我，我就把自己嫁给你！"话音甫落，只见小白马猛地抬起马首，伸长脖颈，长嘶数声；接着又在庭院里，四蹄乱踏转圈儿，这一反常举动，把少女吓了一跳，正在惊诧间，她忽然听到一个声音："你说的是真的吗，姑娘？你真的愿意嫁给我吗？"当少女发现声音就是眼前的白马发出来的时候，她先是呆了一瞬，继而欢喜莫名，连忙走上前，抱住白马的脖子，说道："原来你能说话啊，为什么不早和我说话，帮我解闷儿？""姑娘，我一直想说，可是怎么也说不出来。就在刚才，耳朵突然被震了一下，嘴巴就能说话了。"白马急切地说。少女突然不好意思了，脸红红地说道："刚才我说的话，你都听去了吗？""都听到了，我这就去寻找老主人，并把他带回来。"白马坚定地答道，"等着我！"言毕，白马掉头出门，踏着夜色，绝尘而去。

门外，哒哒的马蹄声渐行渐远，少女却被刚才突如其来的变化弄懵了。回过神儿来，少女陷入了沉思，禁不住又为白马担起心来。

再说白马，自小没有离开过村庄，并不知道老主人在哪里打仗。只是看到出征的人出村后，都去了西南方向，它想只要顺着路，向西南走，就一定能找到战场，找到战场，就能见到老主人。打定主意，小白马一路狂奔。

跋山涉水，钻林过涧，机智的小白马一路躲过无数次猎人的围捕、猛兽的侵袭；也不知道跑了多远，只累得两眼赤红，四蹄烂裂，背腹上更是一道道伤痕。这一天，它终于听到了不远处传来的咚咚的战鼓声、隆隆的战车声，白马知道自己终于来到了战场上。它一阵兴奋，快速奔跑到一个山包上，纵目远眺，可老主人在哪里呢？正在着急之际，它突然听到一阵亲切而熟悉的马的嘶鸣声，它心头一热。少女思念父亲，而白马又何尝不是时刻思念着母亲！它禁不住，引颈发出一阵响彻天空的嘶鸣。

奇迹出现了，就这一声长长的震天动地的嘶鸣，仿佛附着魔力一般，竟然让整个战场安静了下来，那一刻空气仿佛凝滞了。双方主帅都不知发生了什么，但默契地同时下令鸣金收兵。这时，刚才还在战场上驮着主人厮杀的大白马发现了山包上的小白马，它一阵嘶鸣，撒着欢儿向山包奔来，任主人怎么喝止都不停下，男主人望着远处山包上的小白马突然明白了，任凭大白马狂奔上山。可就在即将跑上山包时，敌方阵营里一位因为在将要取胜时突然被打断而恼怒的敌将，取出一支弩箭，弯弓扣弦，“嗖”地一声，射向了大白马，兴奋中失去了警觉的大白马，一下子中箭倒了下去。可怜的小白马，看着大白马不闭的双眼，前腿跪倒，哀鸣不已。

男主人看到小白马如此狼狈地独自找到沙场，猜想家中女儿一定出事了，连忙向主将请假，骑上小白马星夜往回赶。

等到了家，父女相见，自是别一样的情景。父亲看到女儿不仅平安无事，而且长高了，出落成了一个漂亮姑娘，满身的疲惫、满心的焦虑，一下子消失得无影无踪；女儿见到日思夜想的父亲，更是情不能抑，喜极而泣。父女俩说东道西，互诉别情。说着说着，就说到了白马替自己翻越关山独骑寻父的事上。不经意间，少女说到了与白马的约定。父亲先是一愣，随之“呵呵”一笑，说道：“丫头，这也就是开个玩笑而已，当不得真。日后，为父打了胜仗回来，从手下的将士中为你挑一个如意郎君也就是了。”听父亲如此说，女儿喏喏着，没有应答。

谁知父女俩的谈话，都被屋外的白马听了去。随后几天里，白马不吃不喝，也不出门。少女几次喂水，送草，白马不吃不喝，还尥蹶子。父亲瞧在眼里，心想不妙，“这畜牲难道成精了，还敢威胁自己。把女儿嫁给它，荒唐，可笑，可恶！”刚下了战场的父亲杀意顿起，一天他借故把女儿支出家去，趁白马不备，提刀就把白马砍杀了。杀死白马后，父亲意气难平，连连挥刀，把白马的皮剥了下来，挂在了墙上。心想，女儿回来，要找白马，一看墙上的马皮，也就知道了。又害怕女儿回来哭闹，父亲洗了洗手，就出门找保长喝酒去了。

再说少女，被父亲指派出门后，总觉得哪里有些不对劲儿，又想不出来，就赶紧做完父亲交代的事情，急急着往家赶。谁知她一进家门，一眼就看到了墙上的马皮，鲜红的血迹条条缕缕地顺墙淌下，在地面低洼处，聚成一摊殷红。少女一声未出，咕咚摔倒在地上。过了许久，她才幽幽地醒来，但头脑还是懵懂一片，不敢去想发生了什么。突然一个声音，在她耳边响起："姑娘，你真的愿意和我在一起吗？""我愿意。"听到熟悉的声音，少女不假思索地答道，说完，又吃惊地寻找声音的来处，正疑惑间，那个熟悉的声音又传了过来："姑娘，不要勉强自己。我知道，我们本不应该在一起的。如果你不愿意的话，就永远把我忘记了吧！""我愿意，可我该怎么办？"这会儿，少女听出声音是由墙上张挂着的马皮发出的，她紧盯着马皮，"姑娘，你会后悔吗？如果你坚持和我在一起，我就有办法"，那个声音追问道。姑娘稳了稳心神，坚定地说道："白马啊，请你相信我！当一眼看到你的马皮被钉挂在墙上时，我的整个世界都坍塌了。我意识到，我的心是和你在一起的。虽然我爱我的父亲，可他只是让我懂得了思念和牵挂，而这些年来是你给了我快乐与幸福。请把我带走吧！我知道，父亲是能够照顾好他自己的。""那好，请你闭上双眼"，话落，风起，少女就觉着被什么东西紧紧包裹了起来，然后轻飘飘地离开地面，升到了空中，向村外飞去。

这时，出门喝酒的父亲觉着时间差不多了，心想女儿也该心绪平静了，于是起身回家。正当他醉醺醺脚步趔趄着走到半路时，突然迎面一阵飞沙走石，好像什么东西从他头顶上飞过，还差点把他冲倒，久经沙场的他，浑不在意，骂咧咧地往家走。等到了家，发现大门四开，走进家门，却没有看到女儿的身影，他有些纳闷；连喊数声，也无人应答，他顿感不妙；连忙冲进屋里，发现被自己牢牢钉挂在墙上的马皮不翼而飞了。他立即联想到半路上的怪风，心知不好，赶忙摘下墙上的弓箭，抢步出门，狂奔追去。

等他一路狂奔，追到村外，却发现早已是风住尘息，天朗气清。父亲茫然四顾，只见远山近水，山清水秀，良田桑竹，阡陌纵横。正当他茫然无措之际，一个声音从头顶传来："父亲，父亲，我在这儿。"父亲抬头向上看去，原来自己正站在一棵高大的桑树下面。在桑树斜伸出的一根粗大树枝上，女儿正被马皮紧紧地裹着，挂在上面。随着包裹越来越小，女儿和马皮渐渐地变成了一只蠕动着的白色虫子，只听女儿继续说道："父亲，您别生气，我是自愿和白马在一起的，我从小和它在一起，已经离不开它。您回去吧，以后要照顾好自己。"随着少女断断续续的话语，虫子口里吐出了一条长长的洁白晶莹的丝线。看到女儿变成了这样一只小虫子，父亲很后悔，很难过，很悲伤，他踉跄着上前，小心地捧起白色的小虫，像捧着生命般把它捧回家，小心翼翼地放在自己床前。

晚上，伤心的父亲久久不能入眠，他不时地从床上爬起来，看看白色的小虫，然后不停地摇头叹息。快到天亮时，父亲迷迷糊糊地打了盹儿。刚闭上眼睛，就觉着女儿突然来到自己床前，只听女儿安慰他道："父亲大人，请您不要再伤心了。我们的故事被玉帝知道了，玉帝很感动，已经封我为蚕神，专门保佑桑蚕兴旺。村民可以用我吐出的丝，织成衣物，遮蔽风寒。希望您告诉村民们多多养殖，就能让人们过上好日子。我也会保佑您健康长寿的。"

自那起，人们开始家家养蚕织布，并过上了富足的生活；少女和白马的故事也被口口相传了下来。人们为了感谢它，亲切地称少女为"蚕神娘娘"，并广建庙宇来供奉祭祀她。

故事讲完了，朋友们可能质疑，不对啊，这故事好像在别处发生过啊？哈哈，说得很对。可我也说，能在别处发生，为什么就不能发生在美丽富饶的华山脚下呢？此处，山灵水秀，自然多神奇的传说。

在济南周边，专门奉祀蚕神的，如今就只存有这一个小殿。走进华阳宫，不意能见到它，还真是一大收获呢！只是不解，为什么匾题“棉花殿”。

漫谈华阳宫

华山又名华不注山，久负盛名，如一朵芙蓉开立在泉城济南的北部，周围是水泊湖田万亩平畴，唯华山如“单椒秀泽”翠峰隐隐，它还是著名的“齐烟九点”的首山。且不说，春秋大战“鞍之战”就发生在它的山脚下，单就是唐朝以来历朝历代那么多的名人雅士的诵咏摹画，就让济南周围的众多名胜望尘而叹。华阳宫北倚一峰独立的华不注山，南临东流到海的小清河。背名山，面长河，坐拥地理之胜；占地九万多平方米，据说是济南周边面积最大的古建筑群，位置绝佳，历史悠久，宫阁殿宇林立，繁花秀木丛生。然而，华阳宫并没有多大名气，也没有多大人气。

山南水北谓之阳，华阳宫因处华山之南而得名。明代学者王象春在《齐音·元阳子》一书中记有：“晋长白山人元阳子，得《金碧潜通》一书于伏生（秦朝博士）墓中，细为注解，携之修真于华阳宫。”这是现能见到的“华阳宫”最早出处。到了金代，史载金兴定四年（1220），丘处机的弟子陈志渊拓建华阳宫，自此，渐成规模。似乎好景不长，作为道教的道场时间很短，就被另做他用了。

说起华阳宫，人们常讲一句俗话，“来济南到华山，华阳宫里神仙全”。说实在的，我走南去北的四十多年，还真没有见过能赶上华阳宫祭祀的神仙多的。这里除了道教的、佛教的、儒家的那些著名的各路“大咖”，还有民间的、散见于神话传说的八方神圣。

华阳宫建筑群，号称“济南第一观”。除了华阳宫外，还有三皇宫、三元宫、棉花殿、龙王庙、关帝庙、泰山行宫、三教堂、净土庵等。穿梭其间，给人印象最深的倒是十阎罗殿、关帝庙、棉花殿、净土庵等。

十阎罗殿，又叫十王殿。在华阳宫西部有处规整院落就是泰山行宫，主祀碧霞元君，俗称泰山娘娘。在碧霞元君殿前，有一座小殿是地藏王菩萨殿，内祀地藏王菩萨。在它的前方两侧，就是十王殿了，内祀十大阎罗王。十王分居地狱十殿，掌管生死轮回、地狱刑罚。一侧五尊，形神各异，面目狰狞，却又威冷十足，有一股极强的煞气，即便白天上午有阳光，胆小的也不敢正视，更别说久留了。反正，我是仗了好大的胆子，才完成一遭“观赏”的，倒是印象极深。

走出后，不禁思量，在别处也曾见过十王殿，如蒲松龄故居柳泉，即便蒲先生是以写鬼写妖为主的，也没有过分突出十王殿，其他地方更是放在偏僻不显眼的地方，因为他们的地位声望在那个体系里毕竟还是数不着的。而华阳宫，赫然把十王殿摆在这里，是不是有些不妥呢？按“编制”，他们是归碧霞元君的哥哥东岳大帝管辖的。再说，就不怕干扰了泰山奶奶“正常办公”吗？她老人家化身眼光娘娘、送子娘娘，是专治眼疾，乞求光明；主管生儿育女，赐福降子的。两者反差太大，实在不宜挨得过近。

更令人纳闷儿的是，在华阳宫主殿和泰山行宫之间，还有一处专一敬奉佛教的院落——净土庵。院落不大，完整封闭又独立，由门楼、东西厢房和正殿组成，正殿内塑像为“西方三圣”，东西厢房有佛龛、拜垫等。院落长方形，规整雅致，院内花木扶疏，竹影斑驳，幽寂静谧，使人安神静心。一番了解，这里果然不是一般寺院里礼佛的处所，竟然是上世纪民国时期济南的一位银行行长的姨太太的居住修行之地。有钱有势的行长怜惜自己敬佛的姨太太来往辛劳，就修建了净土庵，并配有厢房来进香、拜佛、起居。久之，这位姨太太竟在净土庵带发修行起来。东边四季殿，西侧三教堂，两道夹一佛，也真够热闹的。

在整个建筑群落的西北部，有一个两进殿组成的院落，是关帝庙，在这里能明显感觉出对关帝的格外尊崇。前面的三教堂、三皇殿、泰山行宫等都没有它的位置好：前后两个院落，依山就势，自成体系。前后殿均面阔三间，进深三间，单檐硬山顶式建筑，虽不富丽堂皇，但也规整严谨。两殿，一祀关公单刀赴会，表现他忠勇神武，浑身是胆；一祀关公夜读《春秋》，表现他深受儒家文化影响，讲究礼义仁信。自古，关公在民间就享有很高的威望，随处可见对他的祭祀膜拜，在明代，他被奉为帝君，人们对其的崇拜，更是广泛。一直到现代，一些影视剧里，众多的帮派开会、庆典，都先要焚香磕头祭拜关公；日常里，去街上转一下，仍会看到，就连很小店面的饭店、公司，在进门显眼处，也设有供奉他的地方，点着香，放着水果，可见民间对关公“迷信”的深且广。作为武神、财神的化身，他既能驱逐邪恶，又能招财进宝，被人顶礼膜拜，再自然不过。

说起华阳宫，有两处地宫不能不提。所谓地宫，在古代都有专门用途，如秦始皇陵、法门寺地宫，然而在这里地宫却别有用途，是和尚道士闭关修炼之地。

在三元宫里，有一座地宫。沿石阶走下，两转进入，顶部为砖石砌拱券式，空间较大，设有小窗和气眼。北侧有两个门洞，上分别书有“入牝”“出玄”，是道家修为极高的标志。南端西侧又辟门，上有石匾，题有“会仙洞”三字，为民国三十一年题，而“会仙”是道家的另一种祈求。据说，这些匾额都是一位叫朱至静的道士所题。

据传，朱至静晚年在此辟谷，不进饮食，后来连徒弟们进去送水也不被允许。最后，他圆寂于此，肉体如泥胎般倚靠在墙上。徒弟们将他抬出入殓埋葬，就埋在华山脚下。再后来，土改时有一农民分到埋葬他的田地，以为坟冢里会有珍贵宝贝陪葬，就偷偷刨开，见到一个缸棺。打开缸棺，朱至静尸身不腐，坐于缸中，只是别无他物。这农民忙活半天，一无所获，盛怒之下，将尸体钩出，抛入华阳宫前的沼泽里。肉身不腐，也算是一种较高修为了。只是下场如此，有点可惜了。

另一处地宫，在华阳宫东侧，三皇殿内。入口极其隐蔽，下行台阶几乎九十度，陡峭难行。进入地宫，光线黑暗，借助灯光，发现里面幽深曲折，时高时低，有床有台。没有窗户，遍地蛛网灰尘，阴森可怖，空气流通极差。西侧有拱门，有石阶继续下行，不知通向何处。

这座地宫里，后来发生了一个故事，却很不光彩。清朝末年，华阳宫由一位叫寿亭的和尚做住持。寿亭和尚高大清秀，聪明有学问，又懂经营，把华阳宫管理得井井有条，一时间善男信女车马往来，络绎不绝，香火很盛。时间久了，寿亭和尚就露出了原形，他原是一个无良的花和尚。

在修建地宫时，他特地让人将地宫一直修到大殿的佛像下，在那里暗设洞口，从里窥看在佛前进香的女子。如果发现有中意的，他就披上袈裟，以住持身份出现，给人排忧解难，趁机哄骗入后室，以行不轨。

有一年，一个女子前来进香，在殿前虔诚地礼佛时，被寿亭和尚从地宫里看到。由于垂涎于那女子的美色，寿亭和尚急忙从地宫赶到大殿里，装模作样地上前询问，那女子本一心向佛，又见他道貌岸然法力高深的样子，自然轻信了他，被他诱骗到地宫，并囚禁在里面，供其淫乐。孰料，这女子也是有来头的，她家就在华山附近，她的小叔子是远近闻名的帮会头子。听说嫂子不见了，自然得派人去找。几番打听，得知嫂子是到华阳宫进香后不见了的，又联想到关于华阳宫住持寿亭和尚的传闻，她小叔子就带人找了来，从地宫里救出了她。寿亭和尚也被抓了起来，用铁链从锁骨处穿过吊在树上，并在两个肩膀上插上巨烛，然后点燃，蜡烛燃尽，烧着了全身，就这样，寿亭和尚被点了“天灯”。出了这种事儿，庙里的和尚自然也待不下去了，都作鸟兽散，从此，华阳宫的香火再也没有兴旺。

想象一下，当你正在庄严的佛像前，虔心祷告时，却有一双贼兮兮的眼睛正淫邪地盯着你，这是怎样的可怕情景。寿亭和尚，可惜了这个好名字啊！你就忘了，在西边就住着忠义秉千秋的汉寿亭侯（关羽）吗？他怎能容得下你的恶行，又怎能任你玷污他的名号？

经年历久的庙宇道观，都会广植树木，华阳宫自不例外。经山门，穿二宫门，就来在华阳宫主殿四季殿。四季殿前，长有十好几棵高大的柏树，虬枝铁干，苍劲葱郁，有着十足的沧桑感。观察每一棵苍柏，上面都有一个铭牌，标着大约的树龄，细细看来，每一棵树都有七百多年，有的已逾千年。风吹树鸣，它们好像在感慨，一晃儿，就已过去那么多年了呢！

十几年前，在四季殿前的一棵树下，有一方大理石碑，刻有“猫头鹰生态林”几个字，乖乖，这是怎么一回事儿？向管理员打听，得知这里是夜猫子的栖息地，一到晚上，成百上千的夜猫子盘踞在这些树上树下，这里就成了它们最大的聚集地。

你听过夜猫子的叫声吗？那叫声似哭似笑，尤其是在夜里，听到后，不知有多吓人。在民间，夜猫子是不祥之鸟。有道是“夜猫子进宅无事不来”“夜猫子叫，祸事到”。更有一种说法，谁家有长年的病人，如突然听到夜猫子的笑声，那么这个人就是离大去之期不远了。试想一下，如果有成百上千的夜猫子同时在一处发笑呢？

走出华阳宫时，分明地感受到阳光洒满全身时别一样的舒服、惬意、安闲、踏实。

回首华阳宫，居山水之间，湖光山色两相宜，虽然千年而下，殿宇楼台多纷扰，漫步散行一遭，收获仍然很多，但终究还是很不喜欢那种身处其间时虽隐隐而又无所不在的很难描述的感觉。

这种感觉并不陌生，平素里就时时袭上心头。不惑有年，常常陷于矛盾纠结中。细细思忖，和华阳宫一样，太多的事杂集在心中，七上八下，又始终理不出头绪，不得要领，怎一个乱字了得。那就好好在“和”上做做文章吧。

华不注山下的春秋大战

一年冬天，独自行走在泉城东北华不注山脚下。太阳不算好，还时不时席地卷起一阵风，人的心情可想而知。环顾四周，大拆大建下垃圾遍地，满目疮痍。往日孤峰独秀、林深草密的华不注，整个一灰头土脸哀戚不胜，让人竟生黍离之感。诚然，我晓得，几年后这里就会高楼林立墅屋栉比一派花团锦簇，据说规划里还有好几个大明湖面积大的湖面，届时将湖光山色水波荡漾宛如画中。然而，眼前的景象还是自然地让我想起了二千六百余年前发生在这里的那场“赫赫有名”的春秋大战——鞍之战。

那是一场在历史上很重要但又有些滑稽的战争，现在看来却很有些无厘头和狗血的意味。

一

“鞍之战”发生在齐国和鲁国、卫国、晋国之间。公元前589年，齐国君主齐顷公为了打压近邻的各种不服，悍然发动了侵犯鲁国的战争，侵占了鲁国的大片土地；捎带脚，还把来救援的卫国的军队打得丢盔弃甲。于是鲁国、卫国一同向晋国求援，晋国二话没说，立刻派遣大夫郤克率领战车八百乘，分上中下三军，来战齐军。在当时，晋国、齐国是两个大国，两者争霸已久，祖上又都曾阔过。齐顷公的爷爷就是赫赫有名的齐桓公，而晋国国君晋景公正是富有传奇色彩的春秋第二霸晋文公的孙子。哥俩都是有抱负的主儿，都有重振其祖雄风的鸿鹄壮志。然而，此时非彼时，风水轮流转，他俩遇到了另一个强大的对手，那就是春秋第三霸楚庄王。形势明摆着，合则双赢，分则两输。如此背景下，两个大国却各自带着自己集团的人马正儿八经地在济南城北干了一架。

说起这场战争，还有个有趣的原因不得不提，这也是历史上齐顷公多被诟病的一件事。公元前593年（也有说594年的），楚国围宋，逼宋结盟，并两败晋军，得势中原。为了对抗楚庄王，晋景公在公元前592年，派大夫郤克，约着鲁国大夫季孙行父、卫国大夫孙良夫、曹国公子首一同出使齐国，计划着和齐国结为盟国，共同对抗楚国。

老实说，晋景公应该算是个头脑清醒且有着雄才大略的主儿，尽管他最后死在厕所里是被人背出茅坑的，说起来多少有点窝囊，但在当时，他能审时度势，对局势了然于胸，懂得联合齐国的重要性和必要性。

需要指出的是，晋、鲁、卫、曹都是姬姓，地地道道的五百年前是一家，他们都是周武王的子孙，而齐顷公则不然，他是姜姓，是姜太公的后代。在讲究话语权的时代，有了这层顾虑，对于结盟齐顷公多少是有点小心眼儿的，所以就有些郎有情妾未必有意的意思。

在听了关于四位使者情况的汇报后，齐顷公内心更有了些轻慢。原来这四位使者虽地位尊崇，身体方面却都有不尽人意的地方：郤克目眇，即只有一只眼；季孙行父是个秃子；孙良夫是个跛子；公子首是个罗锅。齐顷公的母亲萧同叔子听说后，非常好奇，一定要亲眼看看。按说这是绝对不可以的，既不符合外事礼仪，也容易触犯人的尊严，即兹事体大儿戏不得。

无巧不故事，这位萧同叔子也是个有着不俗经历的人。她本是一宫女，偶然机会被齐惠公临幸了，还怀上了身孕，因地位卑贱，不敢说出来。生产时，不敢生在宫里，只好把孩子生在了野地里，用柴草盖上。她还不敢亲自喂养，传说有一只野猫经常来给孩子喂奶，又有一只鹞鹰天天来保护他。后来，孩子被人发现并收养了，因为是在野地里发现的，所以给他取名“无野”，这就是以后的齐顷公。母以子贵，萧同叔子自然就贵为母后了，而且齐顷公因少时缺少母爱，所以对母亲特别孝顺。总怕母亲不高兴，经常想着法让母亲开心。这事母亲提出来了，明知不妥，他还是做了番“精心”安排。

在接受四位使臣拜见的时候，他让人找了四个有同样缺陷的人，分别引导四位使臣入见。只见一个一只眼的领着另一个一只眼的，一个秃头领着另一个秃头，一个跛子领着另一个跛子，一个罗锅领着另一个罗锅，四队人鱼贯而入。想象一下，那场面该是多么的滑稽。萧同叔子带着众多侍女站在高台上，看到此番场景，不禁哈哈大笑，侍女们也嬉笑不止。本该庄重严肃的会面，一下子笑了场。这让刚刚还对引导人员的安排有些纳闷的使臣，一下子觉察出受到了羞辱，霎时恼怒异常。在这场会见匆匆结束后，四位使臣聚在一起，越说越恼，一致决定，要联合起来，攻打齐国，要让他们为此付出惨痛代价。晋国大夫郤克更是面对黄河发誓说：“不报此辱，不再过河。”

二

公元前 589 年，齐顷公亲率兵马侵犯鲁国，击败卫军。鲁、卫的将军一起向晋军求援，于是报仇的机会来了。是年六月，郤克、孙良夫、季孙行父以及公子首等人各率本国军队咬牙切齿气势汹汹滚滚而来。

齐顷公还是很爱护百姓的，也挺会算账，他怕打破自家的坛坛罐罐，在探知晋鲁卫曹联军已挥师北上后，就决心“若待晋师入境，百姓震惊，当以兵逆之于境上”，于是挑选兵车五百乘，六月十六日，迎敌于卫国的莘地（今山东莘县）。不知什么缘故，齐军又急行军一百五十多公里，将军队移驻到“鞍”地（现济南市西北的北马鞍山）。前哨报：“晋军已屯于靡笄山下。”靡笄山就是现在的千佛山。按惯例，顷公遣使请战，郤克答应来战。史料记载，虽是激烈的战争，但双方话语却很饶舌，有点当下流行的约吗约不约约就约的意思。

约是约了，那时打仗还有一个现象，就是在正式开战之前，可以单车搦战。双方各出一车，捉对厮杀，只要不冲入对方阵营，其余人不得参与。齐国大将高固请于顷公曰：“未知晋人勇怯，臣请探之。”乃驾单车径到晋军前讨敌骂阵，有晋将也乘车从营内冲出，来战高固。那人挥动长戈，本拟与高固斗个几百回合，谁知未及车前，高固随手掷出一巨石，正中晋将的脑袋，该将立刻脑浆迸裂，倒于车上，另外两人吓得跳车就跑。再看高固，腾身跳上敌车，用脚踢掉敌尸，手挽辔绳，驾车跑回齐营，并在齐营前，往来奔驰，高呼“谁的勇气不够？我这里还有多余的勇气，可以卖给他”，齐军高呼呐喊。这就是成语“余勇可贾”的来历。

次日，两军对垒于鞍地，即济南西北的形似马鞍的小土山前。那天，天气晴好，一早儿气温就很高。齐侯走出营门，看了看东方渐出的红太阳，皱了皱眉头，冲着正在做饭的士兵喊道：“先别忙着做了，把这些家伙干掉后再吃早饭吧。”这就是历史上著名的豪气冲天又变成衰气冲天的“余姑翦灭此而朝食”。

三

齐侯将军队分为三队：自领中军，对阵晋军主帅郤克；由国佐率右军以对阵鲁国军队；由高固率左军以对阵卫曹联军。齐侯命令两翼的军队左对左，右对右，各自相持，互不交锋，专候中军消息。

之前，齐顷公连打了几场胜仗，所以根本没把晋人放在眼里，又自恃神勇，身披铠甲，外罩锦袍，手执长戟，乘着逄丑父为右、邴夏为御的金舆，随着一通鼓响，亲率战车冲向晋军的中军。据史书记载，齐顷公的战马连护甲都没有披挂。齐军的弓箭手，按照齐侯的命令：“视我马足到处，万箭齐发。”一时间，箭如飞蝗，晋兵死伤极多。晋军主帅郤克也被射中了左肋，鲜血一直流到了鞋子里；本来郤克正拼命挥动双臂击鼓，左肋受伤，疼痛难忍，鼓声渐弱，而鼓声是全军用命的信号。鼓声一小，郤克的御者解张就大声问：“怎么不用力击鼓？”郤克说：“我中箭了，疼得厉害。”解张大喊：“师之耳目，在于中军之旗鼓，三军因之以为进退。伤未及死，不可不勉力趋战！”说实在的，这话极是难听，意思说你又没死掉，鼓声不能渐弱啊。郤克的车右郑丘缓也说：“我的身上都中两箭了。死生命耳！不能误了国君的大事。”说罢，用左手举盾护住郤克，右手挥戟继续杀敌，而解张也用左手揽住四根缰绳，腾出右手，抓过一支鼓槌，帮着郤克奋力击鼓。瞬间，鼓声又大了起来，同时因为只有一只手控着四匹马，有点掌控不住，马车飞速冲向齐军。晋军本来已濒临崩溃，突然间听到鼓声骤响，又见主帅的战车拼命冲向敌营，以为己方取得了胜势，立时军心大振，潮水般冲向齐军。兵者，势也。战场形势瞬息改变，齐军纷纷四散溃逃。兵败如山倒，齐侯一看，无法挽回，只好也掉头逃跑。

郤克率领晋军随后紧追，晋军司马韩厥见郤克伤重，就对郤克说："元帅暂且休息，某当力擒此贼。"于是，驾着自己的战车追了上去。说明一下，韩厥是晋国年轻的贵族子弟，仪表不俗，以往他都是在战车上挥戈杀敌。战前的夜里，他做了一个梦，梦见父亲警告他：第二天打仗的时候，千万不要站在车的两侧，要在车的中间。古人迷信，所以今天他就换到了御者的位置。

韩厥远远望见一辆金舆向南狂奔，知道那一定是齐侯的战车，立即随后追赶。路上，逃跑的车辆很多，齐侯的车又太过显眼，多次受到阻拦。所以金舆围着华不注山跑了三圈，始终没有摆脱追兵的追赶。《左传》上记载"齐师败绩"，"三周华不注"，指的就是这事。特此说明，华不注山又叫金舆山，也是因此得名。

眼看就要被追上，齐侯的御者邴夏看韩厥像是晋国的贵族，大喊道："快射杀那个驾车的人，他是个贵族"，而齐侯却不同意，认为既然认出了那个人是贵族，就不应该再射杀。春秋时候，各诸侯国贵族之间经常通婚，大多是亲戚关系。于是，齐侯命人一箭射死了韩厥车上左边的人，又一箭射倒了右边的人。

韩厥全然不顾独自驾车继续紧追。这时，遇到了晋大夫綦毋张，綦毋张丢失了战车，韩厥就让他登上自己的战车。綦毋张上来后，想站在车的左边，韩厥用手肘顶了顶他；他又站到了右边，韩厥又用手肘顶着他示意站在自己后边。这一折腾，右边被射倒的人差点掉到车下，韩厥只好停车重新安顿好受伤的车右。

时机稍纵即逝。眼看很难摆脱晋军的穷追不舍，自己又跑得精疲力竭，齐侯的车右逢丑父就抓住韩厥停顿的功夫，让御者邴夏下车去搬救兵，又对顷公说："事急矣！主公快将锦袍解下，与臣披上；你我交换位置，我立车上，你执辔御车。倘有不测，臣当代君去死，君可脱也。"齐侯依照他的话，交换了衣服、位置，继续前行。

四

在华山的南麓，有一泉水，因为在山南，所以被称为"华阳泉"。华阳泉的泉水由半山腰汩汩潺潺地流下来，一直流淌到山下的小湖里，千百年来不知滋润了多少良田。齐侯驾车来到泉边的时候，可能过于着急，也可能技术不够好，战车左骖的马索挂在了一棵从山石中斜长出来的树上。战车一下子被挂歪了，逢丑父赶忙下车去解，但因为左臂有伤，用不上力，不能一下子解开。说来蹊跷，前晚逢丑父睡在战车里，醒来时，一条蛇从他的身下钻了出来，他赶忙用手臂去砸，因用力过猛，竟然把手臂砸伤了。就在这时，韩厥赶了上来，他跳下战车，伸手抓住马的缰绳，拦在车前，一幅小样儿看你还往哪里跑的神情。

逢丑父（他此时穿着齐侯的衣服）一看跑不了，于是重新爬上战车，傲然地看着韩厥。见此情形，韩厥连忙按照拜见国君的礼节再拜并奉卮酒为寿，嘴里还念念有词地说了一大通：不好意思但很荣幸，我也不愿与您这样见面，谁让我恰巧在这次的军队里，食君之禄忠君之事等诸如此类的废话，最后的意思：您别无选择，不管愿意不愿意，麻利儿地跟我走吧。

逢丑父稳住神后，装出一副嗓子干哑说不出话的样子，用手指着立在一旁的齐侯（他此时穿着逢丑父的衣服）说："丑父啊，咱爷们跑是跑不了，咱也不跑了。可是我嗓子渴得快冒烟了，你去那泉水边，给我弄点水来喝。"也难怪，原本以为打败晋军易如反掌也就用一袋烟的工夫，谁知被人家在太阳底下追着跑了大半天，早饭还没吃呢！能不又渴又饿嘛！

齐侯答应着，连忙拿起水具，向华阳泉走去。后边，传来假齐侯真逢丑父的喊话："近处的水，靠近大路，太浑，向远处去取。"这一走远，齐侯可就撒丫子了。

放下齐侯先不讲，再说韩厥，心里的那个得意劲儿就甭提了：抓住齐侯，这是多大的功劳！这一下子就可以要什么有什么了。一看跑了一个，心说跑就跑呗。有这条大鱼足矣，小鱼小虾留给别人吧。于是他押着假齐侯踌躇满志地往回走。

听说抓住了齐侯，郤克的肋骨好像一点也不疼了，心里打着千百种羞辱齐侯的腹稿就迎了上来。见到韩厥，郤克忙不迭地问："齐侯人呢？在哪里？"韩厥心里说："这一个眼睛还真就不好使，人就在跟前，怎么还看不见？"连忙指了指逢丑父说："这不是吗？就在眼前，还不赶快见礼？"郤克一看："不是！"知道韩厥弄错了，他一把抓住逢丑父的前胸，厉声喝问："你到底是谁？齐侯呢？"逢丑父外表悲壮内心后悔但依然很豪气说："我是齐侯的车右逢丑父，刚才打水的那人才是齐侯。他早已回到齐营了。披锦袍就是齐侯吗？年轻人你也太好糊弄了，嘴上无毛办事不牢啊，哈哈哈。"

这会儿，韩厥才知道自己抓错人了，刚才一路上想象着将要到手的高官厚禄一下子全都没影了，急恼得拿刀砍自己的心都有，拔剑就冲向了逢丑父，嘴里嘟囔着："这世界上最可恨的事，就是撒谎！你可以打我骂我，但不能骗我。我要杀了你。"再看逢丑父也是豁出去了，伸头是一刀，缩头也是一刀，脖子一梗，大喊一声："你们不能杀我！我替我们国君去死，这是符合道义的事，是应该得到褒扬的。如果你们现在杀了我，以后还有谁替你们这些尊贵的人卖命呢？"听他这样一说，主帅郤克一琢磨，有道理，连忙止住韩厥说："冷静，冷静，冲动是魔鬼。你仔细想想，反正齐侯没抓到，杀这么个替死的小角色，有多大的意义？还不如带回他去，说不定还能派上其他用场呢。"于是，他们把逢丑父绑到车上带回了军营。

五

回头再说齐侯，他一离开韩厥就拿着水具没命地往前跑啊，跑了半天才觉着水具是个累赘，一想，我拿着它有个啥用，顺手抛了很远。就这样又跑了一会儿，耳朵里只听到自己呼呼气喘的声音了，才敢停下脚步，回头一看，敌军并没有追上来，于是一屁股坐在山石上，大口地喘着粗气。

好一阵儿，齐侯才恢复过来。回头看看华阳泉那儿，没有一个人影，只有华阳泉流出的泉水顺山势而下，阳光下，像一条银色的带子闪着逼人的亮光。他心想，也不知逢丑父被晋军带到哪里去了。宋朝文学家曾巩在登临华山时，有诗叹曰："丑父遗忠无处问，空余一掬野泉甘。"

缓过劲儿后，齐侯一想，"不行，我得救逢丑父去，晋军要是知道他不是我，还不立刻砍下他那挺好的大脑袋啊。"正巧，他的副车从旁边没头没脑地窜出来，他赶忙跳上副车，驰入敌营，寻找逢丑父。齐侯在敌营中杀了个三进三出，但是也没找着逢丑父。可以想象，当时北马鞍山向东直到华山周围，几国军队十几万人车马扭打成一团。你中有我，我中有你，乱成了一锅粥，想找个人，谈何容易！

恰在此时，国佐、高固二将，闻中军大败，知势不可挽回，又恐齐侯有失，各自带领本部人马，前来救援。见齐侯正从晋军军营中愣头愣脑地杀出，大惊曰："主公何轻千乘之尊，而自探虎穴耶？"顷公带着哭腔说："逢丑父扮成我，被他们抓去了，我怎么好意思自己逃跑，是以求之。"言未毕，有人来报："晋鲁卫曹联军分五路杀来了。"国佐劝曰："军气已挫，主公不可久留于此。且回国中坚守，以待援军来救。"高固也劝道："对，留得青山在，不怕没柴烧。你先撤，我们来阻挡敌军。"齐侯从其言，遂引大军回临淄去了。

六

郤克率晋鲁卫曹联军，势如破竹，长驱直入，所经关隘，尽行烧毁，直抵临淄，志在灭齐。

敌军兵临城下，城内乱作一团。战前，齐侯的大脑里根本就没有吃败仗这回事，突然间身陷重围，顿时心慌意乱六神无主。危难之时方显英雄本色，大夫国佐进言曰："臣请以珍宝玉器行贿于晋，而请与晋和；鲁、卫二国，则以侵地还之。"齐侯说："只好如此！你去试试，告诉他们，见好就收，我也就是一时不小心，如若不从，唯有战耳，大不了拼个鱼死网破！"

国佐领命，带着几件重器来到晋军军营。见过郤克，说明来意。郤克还端着架子不依不饶喋喋不休，赫然提出两个条件：一、把萧同叔子送到晋国做人质；二、把齐国的田地地块全改成东西向。意思是："万一齐异日背盟，杀汝质，伐汝国，车马从西至东，可直达也。”这个要求太过分了。国佐勃然大怒说：“萧同叔子是我们国君的母亲，按照各国的关系，等同于你们国君的母亲，怎么能去做人质呢？田地垄亩纵横，都按照地势的自然走向安排，非要按照你们的想法去改变，这和亡国有什么不同？你这是不想议和！”郤克也很强硬，说：“便不允汝和，汝奈我何？”国佐毫不示弱，气愤地说：“你也太小瞧齐国了，齐国虽小，战车千乘，所有属国，不下数百。如若不和，那就举全国之力，和你们决战城下。偶尔失利，你们就认为齐国要亡，也太看不清形势了。现在齐国各地援军，正星夜向齐都赶来。给你点儿颜料，你就想开染房！哼！”说罢，将带来的礼物，丢于地上，朝上一揖，昂然而去。

鲁国的大夫季孙行父、卫国将军孙良夫的头脑还是清醒的，赶忙拉住国佐，又进去劝说郤克。于是各下台阶，齐国退还侵占的鲁国、卫国的土地财物，承认晋国为盟主之国，晋国联军撤出齐国。最后，各自代表本国取牲血共歃盟签订和谈协议。

七

逢丑父最终也被释放，由国佐带回。回到齐国，逢丑父因救驾有功，被进为上卿，他华山脚下舍身救主的义气，千百年来被传为美谈。

经此一战，齐顷公切身感受到了战争给人民带来的痛苦、灾难，变得低调内敛。据《史记·齐太公世家》记载：“（顷公）十一年，齐顷公朝晋……归而顷公弛苑囿，薄赋敛，振孤问疾，虚积聚以救民，民亦大悦。厚礼诸侯。竟顷公卒，百姓附，诸侯不犯。”

冬天的风，从黄河滩上徐徐地吹来，虽然有些冷，但更讨厌的是满是沙子。我不由感慨：二千六百多年过去了，华山周围几经沧桑巨变，几经世事沉浮。期间的战斗、战争，举不胜举，然而在历史上留下重笔的，让人时时记起的，还就得数这场“鞍之战”了。

密州城外挖野菜的苏轼

时下，惊蛰刚过，春草萌发，田野里各种野菜露出了新芽。

放眼城外，桃红柳绿，春和景明。田间、地头、路边、林间、山脚、河沿……到处是红男绿女老人孩子在挖野菜，荠菜、苦菜、麦蒿、蒲公英……不一而足。春风起处，传来阵阵欢声笑语，真是一派大好春光。

日前，读到苏轼的《后杞菊赋并序》，颇多感慨。

那是在 1075 年的春天，密州（今山东诸城老城）城外墙根儿边的废园地沿上，有两个衣着相貌气度神情迥异常人的人，时而找寻，时而俯拾，还不时地停下来指点评说着什么。有那么一阵儿，两人在地上寻觅到一两棵野菜后，连忙挖摘到手，迫不及待地放到口中，大嚼之后，吞入腹中，然后互相指着对方的肚子，发出会心的笑声。

这是苏轼在知密州时写的《后杞菊赋并序》里，所描写的一个场景。很难想象，文中那两个结伴挖取野菜的人，正是当时密州最大的两位行政长官，一位太守、一位通判，相当于现在地级市的主要行政官员。

对苏轼我们并不陌生，他的很多诗文脍炙人口，他的生平事迹耳熟能详，他的精神气度光照千秋。众所周知，他曾身陷“乌台诗案”，被贬黄州、惠州、儋州，漂泊半生，但很多人却不一定知道，早在密州时，他就曾有过一段异常艰苦的岁月，并且在密州时写过的一篇文章，其中一句——“衣食之奉，殆不如昔者”，还成了政敌诬陷他攻击改革、嘲讽时政的罪证。

说来话长。宋时密州是一个很穷的地方，农业为主，粮食以外，主要种植桑、麻、枣树等。苏轼初至，恰逢密州连年蝗旱灾害，庄稼歉收，“盗贼满野，狱讼充斥”；就连他这贵为太守的，也是“斋厨索然”，日食杞菊。

在《后杞菊赋并序》里，他说自己曾怀疑天随生的《杞菊赋并序》的真实性，他认为一个有身份有地位的读书人，再不济，也就是日子过得紧巴点儿，总不至于到了“饥饿嚼啮草木”的地步。等他到了密州，才发现现实中，就是“杞菊”也未必能吃饱呢！他写道：“日与通守刘君廷式，循古城废圃，求杞菊食之。扪腹而笑。然后知天随生之言，可信不谬。”文中没写到的，还有更令人心酸的——当时，他和刘廷式沿城墙巡查，发现有许多孩童死在道边，尸体无人掩埋，此外还有活着被遗弃的。两人见之，泪流不止，立即展开施救，一方面下令百姓不许随便弃婴；一方面，动员官员捡拾弃婴，——“洒涕循城拾弃孩”，并安排官府挤出粮食，专用收养无家孩童，救活数千人。

年轻时，我喜欢吟诵苏轼的《江城子·密州出猎》《水调歌头·明月几时有》《江城子·十年生死两茫茫》等词作，这些都是他在密州任职时写的，于是就猜测他在密州时，一定过得潇洒自在且快活。现在看来，密州两年，却是他殚精竭虑、苦心勤政的两年。下车伊始，他就上下联动，发起了声势浩大的灭蝗战斗；继而亲自带人疏浚水源抗旱救灾；稍后，又认真调研，处理冤案，平抑盗凶，从而迅速改善了当地的政治生态。此外，他积极修葺州城重要设施，新修“超然台”，极大提振了士民信心；努力推动文化教育，人称“至今东鲁遗风在，十万人家尽读书”，使当地风气因之大变。十年后，即元丰八年（1085），苏轼因奉命知登州，再次路经密州时，那些被收养救活的弃婴及当地百姓，相嘱赶往州衙，去拜谢恩人。其时场面盛大，极其感人。

人事有代谢，岁岁春光好。在满眼“春在溪头荠菜花”的时节里，我一边感受着城外田野里，那些边采挖野菜边踏青赏春的人们的悠闲惬意；一边在想，九百多年前在密州城外挖野菜的封建士大夫——苏轼，那认真找寻的样子不也是很可爱嘛！

世间行者，情义武松

一

上午，宋江带着弟兄们浩浩荡荡地离开了，六和寺又恢复了寂静。谁料，午后却下起了大雨。这雨大得出奇，连天扯地的，雨点砸在房前的台阶上乒乓爆响，而且经久不歇，老天爷好像憋着劲儿要摧毁什么，又好像要涤荡尽什么。屋内，昏黄的灯影里武松兀自坐着，他长大的身影，一动不动。

突然，一道闪电照亮了半个窗户，也照到窗边躺在木床上的林冲蜡黄的脸上。随后一阵闷雷轰轰隆隆地响过，床上的林冲好像咕哝了一句什么，武松转脸向他望去，以为他要喝水，刚要起身，却又没了动静。武松皱了皱眉，他知道林冲刚才不是因病痛而发出的呻吟。武松有时挺佩服他，“这是条真汉子”。林冲属于“人狠话不多”的那种，虽然经历可悲，但骨子里还是有良知和正气的。一连几天，林冲总是老样子，一直迷迷糊糊的，不见清醒，略好点儿的时候，武松就喂他喝一点儿寺里小和尚熬的小米粥。可很快地，他又迷糊过去，只是嘴里不停地咕哝着什么，含混不清。几天后，武松有点儿听明白了，林冲嘴里咕哝着的似乎是“娘子，娘子”两个字。

一连几天，武松也不想走开，就掇一把椅子，坐在林冲床前守着。起先，武松还有点儿无所事事，可在迷茫了半天后，脑子却开始了高速运转。几天里，他的思绪纷乱而又急切。他似乎从来没有想过这么多的事儿，似乎从来没有想过这么长的时间。有一阵儿，他感觉到脑袋嗡嗡的，头都似乎比平时大了许多，就赶紧强迫自己停下来，但略停一停，大脑又自顾自地运转了起来。

几天几夜的雨，终于停了。武松的思绪也渐渐地平静下来。一阵风从半支起的窗扇下面吹进来，带着丝丝的凉意。床上的林冲含混不清地又嘟囔了半句，似乎还是“……娘子，娘子……”看来，林娘子成了林冲这个悲情汉子到死解不开的心结。武松走过去用残存的右手端起碗喂林冲喝了口水，看着又迷糊过去的林冲，他又忍不住去想——“林娘子到底是怎样的一个女人呢？”这个问题困扰他有几天了。可怎么也想象不出，愣怔半晌，他苦笑了一下，又自嘲般摇了摇头，心想，“自己这是怎么了？”端着半碗水，立在窗前，他竟然想起了自己嫂子潘金莲，自己不也是因为这个女人改变了一生吗？

天色渐渐暗了下来，月亮跃出湖面慢慢爬上了湖边的柳树梢，武松走出房门，站在西墙的月亮门下，看着月光下墙根边影影绰绰的疏竹，抬头望向六和塔顶上空中高挂着的还算圆的月亮，他才意识到中秋节刚刚过去几天，这让他又想起了那个令他抓狂的月夜。那晚也是个中秋月夜，他曾经有一瞬认为那是他一生中最幸福美满的夜晚。

连续几天大雨，空气里凉意加重，左臂断掉的伤口处隐隐作痛。于是武松慢慢转身回屋，看着还没有痊愈的伤口，武松不禁有些伤感。这个夏天，兄弟们卖命厮杀。虽然打败了方腊，兄弟们却是死的死，伤的伤，悲伤的气氛笼罩全营。鲁智深闻潮音而圆寂了，林冲也突然中了风，断掉左臂的武松心灰意冷，自请留下看护林冲。感伤的同时，他又想起了大哥宋江那句略嫌冰冷的四个字“任从你心”，还有那副明显冷漠的眼神。

二

阳谷县街头，邂逅到日思夜想的大哥，又听到大哥新娶了家室，且搬家到阳谷县城，武松赶忙接过大哥卖炊饼的担子，自己挑在肩上，相跟在大哥身后兴冲冲地往家赶。刚进家门，武大就高喊着给两人引见，可潘金莲先是并未出门迎接，但听到这兄弟是新近景阳冈上打死老虎，并刚做了阳谷县都头的武松时，立即就殷勤热情起来。

初见潘金莲，武松感觉特别亲切。他对嫂子的第一印象是好的：美丽清秀的面庞，细长的腰身，温和端庄的眉眼，再加上热络温暖的招呼，暖心得体的话语，像极了他自小以来梦中母亲的样子。父母去世得早，是大哥把他从襁褓中含辛茹苦抚养大的。武松没有对父母的清晰印象，在他的头脑里父母都是梦中自己想象的样子。看到哥哥娶了媳妇成了家，那一刻，他产生了终于找到了家的温暖感觉。想起以前的日子里，自己年幼，哥哥又丑又矮，自己和哥哥不知道受了多少欺负白眼。忍不了外人的辱骂的时候，他就奋起还击，虽然每次都被打得遍体鳞伤，但他总是一次一次咬牙再次反击。在他的小小心里，哥哥既然保护不了自己，自己就要保护好哥哥。他知道，父母不在，哥哥是他唯一的亲人。越是抗争反击，他就愈加羡慕邻居们那些幸福温暖的家。他热切渴盼有个这样的家：温暖，和睦，团结，不忍饥挨饿，不受人欺负。

第一次见到嫂子，武松的表现是“推金山，倒玉柱”，大礼参拜。

这一细节，也深刻地反映出武松对哥嫂以及家的重视。细读《水浒传》，你会发现武松是个格外重视礼数的人。大小、老幼、男女、尊卑等，每个场合他都区分得清清楚楚，都能做到细致周到不失礼。就像没人知道他的武功到底是从哪里学来的一样，他的这些教养品行的养成也值得玩味。

正如托尔斯泰所说的，“幸福的家庭都是相似的，不幸的家庭各有各的不幸”。命运注定不愿轻易放过武松，不愿让他得遂所愿，所以就不断给他制造麻烦。武松在享受了一个月左右的幸福安逸后，家里的气氛就渐起了变化。世上没有无缘无故的爱。武大与潘金莲的不协调的结合一开始就为家庭埋下了隐患。从武松角度来说，武大遇人不淑。

因了潘金莲的言行，武松和潘金莲之间，还是产生了不快。对于武松来说，一开始也仅只是不快。他依然盼着潘金莲能和哥哥安稳地过日子；因为只要哥嫂在，家就在，温暖和希望就在。然而事与愿违，他不得已的一次出远门期间，家里就发生了巨大的变故，这让武松关于幸福温暖的家梦彻底破裂。西门庆无耻引诱，王虔婆为利牵线，潘金莲滥情出墙，武大受辱遭毒手。刹那间，武松的整个世界都坍塌了。灵堂里手刃潘金莲，狮子楼斗杀西门庆，阳谷县刺配孟州。怒杀潘金莲，对此武松从未后悔过。他只是一直想不通，作为一个女人，怎么能做出那样的事呢？她怎么就不能像林娘子那样坚贞守妇道呢？

三

熟知武松故事的人，可能都会有一个认识，那就是武松自小脾气暴躁，极不安分，平日里喜欢打打杀杀，一言不合就起拳脚。其实，深究武松的出身、经历，再仔细分析他的日常言行，就会发现武松一方面疾恶如仇，一方面善良温和、充满爱心且知礼守礼。生活中，他迭遇挫折屡遭磨难，可骨子里极其渴望能过上安定的生活。心有所盼，却天不如人愿。醉打蒋门神，重夺快活林。生活刚刚稳定下来——“从此施恩心下喜，武松终日醉颜酡”。可命运又和他开了个玩笑，生活又给他画了个大饼。施恩父亲的上司张都监听闻武松武功了得，极力“抬爱他”，看顾他，使武松顿感知遇之恩。特别是中秋设宴，专门“叫唤武松到里面饮酒”。

张都监府的后堂深处，鸳鸯楼下，恩人张都监殷殷劝酒，百般许诺，并请出养娘玉兰斟酒，献唱。那玉兰眉目如画，深情款款，既端庄又贤惠。酒席宴上，张都监郑重许诺：“数日之间，择了良辰，将来与你做个妻室”，“你休推故阻，我必不负约”。那一晚，武松虽喝酒很多，心内却很是畅快。心想，自己终于要有个家了，而玉兰恰恰是自己中意的那种人。想象着自己很快就将要开启一段幸福甜美的生活了，回到房里，他兴奋得无论如何都不能入睡，于是拿条梢棒，来到庭院里，耍将起来。那晚，本该是他一生中最幸福温情的夜晚。那是他唯一的一次真切地找到“爱情”的感觉！

可是美梦破灭得太快，武松的幸福来得突然去得迅疾。“武松进到房里，却待脱衣去睡，只听得后堂里一片声叫起有贼来”。一片喊叫，一个欺骗，只见那个唱的玉兰，慌慌张张走出来，指道：“一个贼，奔入后花园里去了！”武松听得这话，提着梢棒，大踏步直赶入后花园里去寻时，一周遭不见——心上人的吩咐，自己当然更要强逞英豪。谁知，“我本善良”却又完全失去戒心的武松，轻易地落入了奸人的圈套。连夜被张都监押下死囚牢里监禁了。

于是《水浒传》里武松最高光的时刻到来了——“大闹飞云浦”“血溅鸳鸯楼”“杀人题字”。“杀人者打虎武松也!”八个大字，彻底宣告了他与那个世界的决裂。从此那个渴盼过上娶妻生子平常简单安稳生活的武松消失了，而世上多了一个头戴戒箍、腰佩戒刀、快意恩仇的披发行者。

四

那年在柴进府上，武松跌到了人生的最低谷——避祸他乡，寄人篱下，遭人挤兑，远离亲人，身染重病种种。一时间，生活对他来说是事事不如意，人人和他作对。就在这种情况下，他遇到了自己心心念念极想认识的江湖大哥——人称“呼保义”“及时雨”“孝义黑三郎”的宋江宋公明。而两人的见面颇富戏剧性：宋江已有八分酒，脚步趄了，只顾踏去。那廊下有一个大汉，因害疟疾，当不住那寒冷，把一锨火在那里向。宋江仰着脸，只顾踏将去，正跐着火锨柄上，把那火锨里炭火，都掀在那汉脸上。那汉吃了一惊——惊出一身汗来，自此疟疾好了——那汉气将起来，把宋江劈胸揪住，大喝道：“你是甚么鸟人，敢来消遣我!”宋江也吃一惊，正分说不得。那个提灯笼的庄客慌忙叫道：“不得无礼！这位是大官人最相待的客官。”那汉道：“客官，客官！我初来时也是客官，也曾相待的厚。如今却听庄客搬口，便疏慢了我。正是人无千日好，花无摘下红。”却待要打宋江，那庄客撇了灯笼，便向前来劝。正劝不开，只见两三碗灯笼，飞也似来。以当时的情形看，除宋江外，换作他人，估计那人性命堪忧!

随后两人的接触交往却是真挚感人的，也是人人羡慕敬佩的！他与宋江，你敬我，我敬你，惺惺惜惜，一往情深。细读原文，两人间的每一个细节都让人动容。“宋江大喜，携住武松的手，一同到后堂席上，便唤宋清与武松相见。柴进便邀武松坐地。宋江连忙让他一同在上面坐，武松那里肯坐。谦了半晌，武松坐了第三位。柴进教再整杯盘，来劝三人痛饮。宋江在灯下看那武松时，果然是一条好汉。”“宋江听了大喜，当夜饮至三更。酒罢，宋江就留武松在西轩下做一处安歇。”“过了数日，宋江将出些银两来，与武松做衣裳。”“回到自己房内，取了些银两，赶出到庄门前来。说道：‘我送兄弟一程。’宋江和兄弟宋清两个送武松，待他辞了柴大官人，宋江也道：‘大官人，暂别了便来。’三个离了柴进东庄，行了五七里路。武松作别道：‘尊兄，远了，请回。柴大官人必然专望。’宋江道：‘何妨再送几步。’路上说些闲话。不觉又过了三二里。武松挽住宋江说道：‘尊兄不必远送，常言道：送君千里，终须一别。’宋江指着道：‘容我再行几步。兀那官道上有个小酒店，我们吃三钟了作别。’三个来到酒店里，宋江上首坐了，武松倚了梢棒，下席坐了，宋清横头坐定。便叫酒保打酒来，且买些盘馔果品菜蔬之类，都搬来摆在桌子上。三人饮了几杯，看看红日平西，武松便道：‘天色将晚，哥哥不弃武二时，就此受武二四拜，拜为义兄。’宋江大喜，武松纳头拜了四拜。宋江叫宋清身边取出一锭十两银子，送与武松。武松那里肯受，说道：‘哥哥客中自用盘费。’宋江道：‘贤弟不必多虑。你若推却，我便不认你做兄弟。’武松只得拜受了，收放缠袋里。”“宋江和宋清立在酒店门前，望武松不见了，方才转身回来。”“江湖上只闻说及时雨宋公明，果然不虚。结识得这般弟兄，也不枉了！”……

然而“道不同不相为谋”。朋友间情义相投，可以不断增加相互间的了解理解，不断加深感情友谊；但世界观人生观的不同，却决定了人生目标价值取向的差异，最终决定了友情的长短走向。“替天行道”是宋江起事的初衷，也是他强加给水泊梁山集团的行动纲领，而招安受封、建功立业、光大门楣是他的终极目标、执着追求。而以鲁智深、武松等为代表的好汉们却对当时的朝廷状况看得很透，对官场的烂污腐败认识得很到位，对被招安的前途看得更是清楚明晰。而接受招安后的梁山好汉们的结局全如武松、鲁智深等人所料，在宋朝君臣的驱使逼迫下，宋江带领大家征辽东，除田虎，平王庆，灭方腊，南征北战东挡西杀，到头来兄弟们死伤大多半，情形是惨淡惨烈惨痛！在《水浒传》中，武松打架参战大大小小近百场，而他自己基本从未受伤吃亏，可是在南征方腊最后的战斗中，被妖道包道乙放出的玄天混元剑斩中左臂，“武松醒来，看见左臂已折，伶仃将断，一发自把戒刀割断了”。

关于武松与大哥宋江间的情谊，原文中有一段文字很耐读：当下宋江看视武松，虽然不死，已成废人。武松对宋江说道：“小弟今已残疾，不愿赴京朝觐。尽将身边金银赏赐，都纳此六和寺中，陪堂公用，已作清闲道人，十分好了。哥哥造册，休写小弟进京。”宋江见说：“任从你心！”这是两人最后的见面，也是最后的对话。我个人的理解，这是武松用一条断臂还了宋江的知遇之恩！

五

迷迷糊糊地坚持了半年后，林冲还是到另一个世界去找寻他的“林娘子”去了。武松并没有多少感伤，只是默默地会同六和寺里的和尚把他埋葬在六和塔后的山林中一片空地里。

后来的许多个晨昏，武松常常到寺里的塔林里去转转，去陪陪曾经的两个老大哥。好多时候，他一坐半天。不管有人没人，他总要自顾自地和他们说两句。恍惚中，鲁智深有一句没一句的，总是不在正调上，不知道要说啥；而林冲还是沉着脸，半天一句，叫人憋得慌。他也常常走出塔林，沿湖徐行。他经常来到一块面北的湖边空地上，望着波光粼粼的湖面，他的内心非常平静。每次走到这里，他就不自觉地停下来，情绪就会好了不少。吹吹湖面上刮来的风，听听岸边杨柳上黄莺喜鹊的叫声，大多时候他内心里很踏实。高兴了，他就索性使几趟拳脚，很放松，很惬意！

夜不成寐的月夜，他偶尔也会想起过往。他总结自己的一生：最落魄的时候，是在柴进府上初见宋江前；最温暖的时候，是在阳谷街头邂逅大哥共同生活的那一个月；最悲情的时候，是在大哥灵柩前手刃嫂子潘金莲；最快意的时候，是在鸳鸯楼杀仇题字；最快乐自由的时候，是二龙山落草和鲁智深等兄弟们把酒言欢无拘无束；最无聊的时候，是在梁山泊被招安后被动无奈；最淡泊闲适的时候，是断臂出家六和寺后尽享湖光山色。

“当哩个当，当哩个当，闲言碎语不要讲，表一表山东好汉武二郎……”小时候，我曾经长期痴迷武松的故事，很多段落都能背得滚瓜烂熟。“好汉武松”的称号一直是我对偶像英雄的称呼。长大后，却又听到对他的另外一种称呼——“行者武松”，曾经一度感觉这个称呼怪怪的。“行者”，武松外，我所知道颇有名气的还有一个，就是保护唐僧西天取经的孙悟空孙行者。可怪哉，同样是出家人，唐僧、沙和尚、猪八戒都没有称“行者”；还有，佛性极高的大和尚鲁智深也不称行者。行者，似乎别有其意——自由，自在，无拘，无碍，率直，杀伐，拯救等。总之，行者无疆，快意恩仇，情义担当。如此想来，武松被称为“行者武松”，也算恰切！

风从尼山来

一

曲阜城东南，约六十里，有一座五峰连绵的山，峰叫五老峰，山叫尼山，原名尼丘山。山西五里许，有一静默小村庄，村名“鲁源村”。相传至圣孔子就诞生于此。

公元前552年左右的某天，一对老夫少妻相互扶携着，从鲁源村出行，来到尼丘山五老峰的中峰。在山顶一巨岩下，二人望石祷告。女子十五六岁的样子，面容清秀端庄，眉眼里自带一份淑静之气。男子虽然体形高大魁梧，且面带神武之色，但发稀须白，腰弓腿颤，已呈衰老之态。二人祷告完毕，并肩静立山顶，远望淙淙溪水在山下汇入大河奔腾而去。许久，男子感慨道：“人生不百年，而我年事已高，此生唯有一愿——但愿祖宗有德，上天有灵，保佑我们能够有一个健康聪明的儿子，那样我也算对得起列祖列宗，死而无憾了！”

山顶上，阵阵松涛如海浪奔逐。一时间，男子心潮起伏：回想家事过往，自己原本贵为宋国国君的后裔，先祖为了躲避政敌间的相互仇杀，而逃奔到鲁国，至今在鲁国已历三代，然而家族一直不兴，而且人丁渐弱。到了自己这里，虽然凭借个人的聪明才智，拼命博取，靠着战功，挣得了陬邑大夫这个官职，但是内心里还是有一大心病存在，就像一块石头重重压在身上，一直不能轻松。

年老的男子名叫叔梁纥，是鲁国有名的武将，身长十尺，体型魁梧，而又博学多识，能文能武。公元前563年，在十三诸侯进攻偪阳城时，军队城门受伏，他曾力举城门救出被陷士兵；又出奇谋，亲率甲兵三百夜袭齐军，名列“鲁国三虎将”。看着眼前比自己小五十多岁的妻子，他神色郑重地说道：“我一直有个愿望，就是要重振家族雄风，所以在每次打仗时我才如此拼命。那次在偪阳力举城门，差点把我的腰压断了，到现在我的腰腿胳膊还会有阵阵酸痛；在我双臂全力支撑上举时，城里乱箭射来，差一点儿就把我射成刺猬。唉，虽然我立了大功，被封为陬邑大夫，可是我常常想，我死了之后呢？大妻连生九女，而无一子；二妻虽生有一子，却是个跛子，我死之后，他连礼拜祭祀的资格都没有，还谈什么家族复兴？这就是我摒弃一切顾忌而要迎娶你的原因啊！但愿你能理解支持我！”叔梁纥说罢，神情殷切地看着身旁秀丽温和的年轻的妻子。

女子年方十五六岁，名叫颜徵在，聪明贤惠，多有贤德，是鲁国颜氏的三女儿，世代在尼丘山下颜家村居住。她早就听说鲁国有一个了不起的英雄叫叔梁纥，勇敢有威势，曾立下了很多战功，国人都很敬重他。然而，她和他是生活在两条轨道上的人，所以在她少女的心里，从来没有把自己和这位年迈的英雄联系起来过。

阴差阳错，颜徵在的父亲答允了把她嫁给叔梁纥。在“人的命天注定”的时代，颜徵在先是好一阵儿地怨怅；随着相处日久，她慢慢发现丈夫虽然年老，但知识渊博，温和有礼，又很风趣，也就安下心来。更为难能的是，颜徵在竟然有了身孕！这可是意外之喜。母以子贵，怀孕让她有了应对复杂生活的底气，她那原本灰暗的天空，一下子明亮了起来。此刻，迎着年迈丈夫投来的热切的目光，她伸出双手扶住丈夫的右臂，紧抿双唇，用力地点点了头。

公元前 551 年 9 月 28 日（鲁襄公二十二年八月廿七日），颜徵在生下一个男婴。婴儿很健康，只是头顶处顶骨发育晚，有个明显的凹陷，夫妻俩对此并不在意，“老来得子”已是人生大喜。他们想起，为了生儿子曾在尼丘山上向神灵虔诚地祈祷，于是给儿子取名丘，字仲尼。仲为排行二的意思。

孩子一天一天地健康成长，日子平常而平淡。当孩子长到 3 岁时，也即公元前 549 年，大愿完成的叔梁纥卒，家人把他葬于防山（今曲阜东二十五里处）。然而，叔梁纥一死，颜徵在母子立即就陷入了冰窖一般的境地。史载，叔梁纥与颜徵在的结合，有违当时的礼法，世人多有微词。在叔梁纥活着时，他是一家之主，颜徵在母子还能平静过活。叔梁纥死后，家里大夫人就变了脸色，而且因为她自己生了 9 个女儿，却没有一个儿子，多年来受尽丈夫冷遇，所以早就把颜徵在母子看成了“眼中钉、肉中刺”，一旦翻身，立即开始施展自己的手段。

史载，孔子 3 岁时，母亲颜徵在带着他离开了鲁源村，离开了他生命中最重要的一座山——尼山（尼丘山）。算来，孔子在尼山山下居住的时间并不长，但不知从何时起，在人们的心目中，尼山却成了象征孔子的一座巍巍丰碑。

二

阙里，一个不怎么响亮的地名，但阙里收留拥抱了孔子，给至圣孔子提供了成长所需的空间、土壤、温度与气息，从而孕育诞生了传承久远的儒家文化。孔子从这里走出，周游天下，从而走向世界、走向千年。巍巍然，高耸入云，被后世奉为至圣先师。然而，树高千尺，根扎地下，他是从这里汲取养分，积蓄能量，从而长成参天大树的。这就注定了，阙里应拥有不可忽略的伟大和永久的辉煌。

走进曲阜城，现在的阙里大体就在市区的中心地带，然而现在的阙里却已不是当年的阙里。据嘉靖四年《城阙里记碑》记载："阙里与曲阜相去十里，故皆无城，而阙里尤为孤旷，守望无所恃焉。"结合文献资料，我们知道阙里周围几经变迁。约公元前 548 年，颜徵在母子来到阙里安了家。当时的阙里，位于鲁国故城的西南部，其地理方位类似于现在北京城西城区的区域。

从零星的文献史料里搜寻，我们知道颜徵在母子是被迫出走的，具体情形无从得知，没文字说明他们母子为什么选择安身在阙里。试着猜测：孔子三岁，叔梁纥去世，母子二人从家中最受宠的人一下子变成了新当家人的眼中钉肉中刺。按理说，叔梁纥新亡，他们母子理应守制三年，尤其孔子，作为被指定的继承人，是要全程祭拜的，而这也是叔梁纥平生的最大愿望；然而文献记录，叔梁纥在孔子三岁时卒，孔子三岁便随母颜徵在迁居阙里，据说连腿脚不好的大儿子孟皮（孟皮的母亲先叔梁纥一年去世）也没有被留下。从司马迁《史记·孔子世家》中的文字看，他们不止被赶出家门那么简单，甚至还被剥夺了奉祭的资格，新当家人压根儿就不把他们看作叔梁纥的后人——叔梁纥的坟在哪里连颜徵在也不知道，至少她从未向孔子说起过。从零星的文字记载中，我们能感受到她们母子所处境地的尴尬与窘迫。

无数事例证明，一个伟大人物的成长，大都离不开一位伟大母亲的教诲。典型的有孟母教子、岳母刺字等故事，还有毛泽东、鲁迅与母亲之间的故事，更有欧阳修母亲、苏轼母亲、林则徐母亲等大义教子的故事。这些或广为流传，或见诸史料，甚或鲜为人知的故事，都告诉我们，母亲的言行的确是能影响一个孩子的世界的。颜徵在应该就是一位这样的母亲。

颜徵在到底是一个怎样的女子，无从得知，连她具体长什么样子，也史无所载，但通过她在丈夫去世后的表现，能猜出她一定是品行端方，仁爱善良，坚毅果决，知礼守正，且又外柔内刚，秀外慧中的。

初到阙里，颜徵在母子的生活应该是艰难的。一个 20 岁左右的年轻孀妇，带着一大一小两个孩子，只身来到阙里卜居。其间，他们到底经历了怎样的一种生活情形，可惜没有文字记载。孔子曾说“吾少也贱，故多能鄙事”（《论语・子罕》），穷人的孩子早当家，由此可见一斑。

然而在此境况下，颜徵在却没有像一般女子那样，只顾管好孩子的吃喝，她还要努力完成丈夫的遗愿。从她决心嫁给叔梁纥时，她就意识到自己的责任。她知道丈夫曾贵为宋国王族后裔，素有抱负，念念不忘的是重振家族雄风；她忘不了尼山祈祷求来儿子，本已心气渐弱的丈夫，又燃起了复兴之火。三年来，丈夫曾多次向年轻妻子谈及关于儿子的培养计划、人生设计，然而天意不酬，他还是带着遗憾撒手而去了。

看着刚刚三岁的儿子，颜徵在清楚自己肩负的使命。她没有把儿子带回离鲁源村不远的娘家，尽管那里有疼爱她的爹娘和姐姐，因为她考虑到一个封闭落后的小村庄，绝不利于儿子的成才。她想起了丈夫曾多次说起过的一个地方——阙里，那里是个人才聚集的地方，又多丈夫生前故旧，于是他们来到了阙里。这很容易让人想起“孟母三迁”的故事，那个时代，她就能懂得环境对人成长的重要性，真是了不起！

《史记·孔子世家》上有一段话：“孔子为儿嬉戏，常陈俎豆，设礼容。”寥寥十几个字，我们可以从中知道在孔子还是小孩子时，他学习的就是鲁国文化的精髓，接受到的就是那个时代所谓的“精英教育”。“陈俎豆”，即摆放祭祀的祭器，实际上就是排演祭祀礼仪；“设礼容”，排设仪仗队伍，其实就是扮演习练司礼人员的动作举止。历史记载，鲁国传承的是正统的周礼，具有“郊祭文王”奏天子礼乐的资格。在阶级社会里，文化的正统，代表了地位的尊崇，而系统学习正统周礼，就可以掌握国家的核心文化，就能直接走向政治核心，从而快速施展抱负成就大业。

颜徵在的教育很有成效。不到十七岁，孔子在鲁国就已经小有名气了。十七岁那年，鲁国权臣季氏大宴贵族宾客，孔子前往，虽然遭到季氏家臣阳虎的阻挠，但他的行动说明了他的能力足以让他有这份自信。还是这一年，鲁国权臣孟釐子病危，临终前他郑重告诫自己的儿子说：“今孔丘年少好礼，其达者欤？吾即没，若必师之。”这可不是一般的看重。这说明，年纪轻轻的孔子已经引起了当权者的注意。

同是这一年（鲁昭公七年），孔母颜徵在卒。刚刚三十多岁，就与世长辞，其所经历的人生悲苦，难以想见。然而儿子的表现已经证明她的含辛茹苦是值得的，她可以没有遗憾地去见九泉下的丈夫了。

母亲的去世，给了孔子以沉重的打击。人们无法想象这个极具性情的年轻人在当时承受了多大的哀痛。痛定思痛，他决心要为母亲做些什么？

自小他就听说了许多关于母亲和父亲的结合不好的说法，家中大娘也是以此为借口把他们母子赶出了家门，而母亲对此似乎也不能辩解。他为母亲不平，他要用切实行动彰显母亲的贤德。从母亲平素的话语中，他知道母亲和父亲是相互敬慕的，母亲也是思念和深爱着自己的丈夫的，他决心要让母亲和父亲死而同穴！

可父亲的墓穴到底在哪里呢？“孔子少孤，不知其墓”（《礼记·檀弓上第三》），而孔子的母亲不知何故讳莫如深——“母讳之也”（《史记·孔子世家》），但他并未气馁。他把母亲的棺材暂时安置在“五父之衢”（一个人来人往的大道边上），发誓此生一定要找到父亲的坟墓，一定要让父母死而同穴。他的态度和诚心感动了当时的许多人，最终“陬人輓父之母诲孔子父墓，然后往合葬于防焉”。这一举动既告慰了父母的在天之灵，平复了自己内心巨大的伤痛，也为他赢取了重孝知礼的好名声。

此外，当时的习俗是“墓而不坟”，人死后只修墓穴，不留坟堆。墓，穴与地面平；坟，是高于地面的土堆。他担心父母的墓穴没有坟冢，日后自己还将奔走天下，时间一长会找不到，那就无法祭拜了，他“于是封之，崇四尺”，为父母修坟立碑。这也开启了春秋时期墓而立坟的先河。

合葬了父母后，心无挂碍的孔子心胸日渐开阔。站在日夜奔腾的泗水河边，他那深邃的目光随着滚滚奔涌的河水投向了旷莽的远方。

三

孔子一生活了 73 岁。3 岁到 50 岁，他基本上是生活在鲁国故城里，读书、教书是他的人生主旋律，此间，总体上他还是快乐的。偶尔，他也出去走走，求解困惑，开阔视野。日子似乎平淡从容，但他是有着梦想和抱负的，所以在平静的表面下，时常涌动纠结着的是痛苦和挣扎。

一个人，17岁，能干什么，能干得了什么？颜徵在生前，帮儿子树立起了远大志向，养成了良好的学习习惯，使其在自己不在身边时，目标不迷失，斗志不消减。从这一点上来看，她的教育是成功的，且是难能可贵的！母亲去世后，孔子并没有消沉和迷茫，而是继续按照既定志向去努力。

孔子年轻时人生目标明确，长大后就是要做官，实现抱负。然而，阳虎不留情面的阻挡，如兜头凉水，一下子让他看清了现实——做官是要讲究等级、身份的。他曾试着从基层做起，也曾做过几任管理仓库、牲畜的小官，但他并不满意。于是他退而设帐讲学，广收门徒，交结朋友，教授学问。这样一来，他在社会上的影响反而越来越大，竟有点待价而沽的意思。

30岁左右，他曾有过两次出游。一次是34岁时，到周都洛阳；一次是35岁时，去齐都临淄。这两次出行，让他增长了见闻，开阔了眼界。因为当时的洛阳是天下的首都，而临淄是大国的国都，都是经济繁华文化发达的地方。

在洛阳，他求见老子，向其问礼，为儒道两家交流留下了一段千古佳话。在临淄，他的收获更大，他欣赏到了《韶》乐的演奏。在听了《韶》乐后，他“三月不知肉味”。他认为《韶》乐完美得无以复加，“尽美矣，又尽善也”。在孔子的理论体系里，国家治理的最高境界是礼乐教化，他认为“兴于《诗》，立于礼，成于乐”。

19岁时，孔子娶了宋国的女子“并氏”（一说亓氏）。鲁国并非无好女，孔子却要迎娶宋国女子，从这也能看出他对故土、家庭传承还是很看重的，对父亲的遗愿，他是尊重坚守的。后来，随着知识的增长，影响力的增大，他也逐渐声名鹊起。然而，他还是没有出来做官。人们可能纳闷，孔子热衷于做官，从而通过做官实现抱负，可是为什么迟迟没有行动呢？

说到这里，有一个人不能不提，那就是在孔子17岁，正值青春年少踌躇满志时，阻止他赴宴兜头给了他一盆冷水的人——阳虎。阳虎可谓孔子一生的死敌。在孔子年华大好时，他一直把持着鲁国大权，把朝政搞得一团混乱，而孔子坚持“有道则见，无道则隐”，不愿和他共事，所以孔子一直等待合适的机会。

孔子与阳虎之间，还有两个故事很有趣。第一个，随着孔子名声越来越大，阳虎就想拉拢他，让他出来做官，为自己做事，但因为有以前的那档子事儿，他既不好意思直接上门也没把握能够约请而来。于是，他就派人给孔子送去了一只烤猪，他知道孔子喜欢“讲礼”，肯定上门回拜，那样就可以见面了。孔子见到礼物，因为是掌权者所赐，不好不受，又明白阳虎的伎俩，就心生一计，派学生去阳虎家里打探。然后，找了一个阳虎不在家的机会登门拜访。孔子回访，主人不在，然后满意返回。谁知偏偏冤家路窄，在返回的路上，竟正好碰到了回家的阳虎。一向善谈的孔子，冷不丁撞上他，大出意外，正愣神间，被阳虎一顿“大义凛然”地抢白，孔子一时语塞，只好支吾着答应出来做官。

还有一个。孔子周游列国时，路经一个叫“匡”的地方，因为孔子和阳虎长得有几分相像，被当地人围困了起来，一围就是5天，差点就挨上一顿拳脚棍棒。原来阳虎曾经在此施虐，害得当地人很苦，人们极其痛恨他。

其后，阳虎因野心膨胀，与“三桓”争势，在失利后，逃到了齐国。阳虎一走，鲁国迎来一段相对稳定期。孔子看准机会，出山了。想想也很悲哀，孔子是主张成名要趁早的；并说过，一个人四五十岁还不出名，也就那样了，不会有什么出息了。然而，他顾不了那么多了！51 岁时，孔子担任中都宰，相当于今汶上县的县长。他施仁政、行教化、劝农耕、兴私学，牛刀小试，政绩斐然——“一年，四方则之”。仅仅一年，汶上县就成了鲁国的“模范县”。时至今日，“留马庄”“清官留靴”等遗迹、传说，还在传扬着孔子的执政美名。

52 岁，孔子先当少司空，后当大司寇。上任七天，诛杀少正卯，表现出孔子性格的另一面——杀伐果断，敢于碰硬。鲁定公十年夏天，孔子随定公与齐侯会于夹谷。孔子主张“有文事者必有武备，有武事者必有文备”，他谋划于前，力争于后，挫败了齐国劫持定公羞辱鲁国的阴谋，逼使齐国归还了侵占的大片土地，在敌强我弱的情况下为鲁国夺取了一场较大的外交胜利。事后，鲁定公对他更加信任，让他摄相事。短时间内，鲁国大治。

当时，鲁国的大权在“三桓”手里，“三桓”的大权，又都掌握在他们的家臣手里，那个时期，各国大体都是这种情形。孔子深知这里面的弊端，为了加强君权，于是决心动动这颗毒瘤。他“堕三都”“弱三桓”；但受到“三桓”势力顽固抵抗，加上外部势力的阻挠，“堕三都”半途而废。目的没有达到，反而加剧了孔子与“三桓”之间的矛盾，他们一发力，根基尚浅的孔子就吃不消了。公元前 497 年，55 岁的孔子，在内有“三桓”威压，外有齐国离间的背景下，被迫出走。

51 岁至 54 岁，孔子一共当过四年官。短短四年，却足以证明，他不是个空谈者，可称得上“文能治国，武能安邦”，属于给点阳光就能灿烂、给个平台就能报以精彩的一类人。可见，一个人要成功，机遇与平台是多么重要！只可惜孔子待时而动多年，但天命不公，落了个热闹开局、匆匆收场。

有人说，孔子的成就不在于此，他的贡献在于思想教化。可孔子当年不是这样想的，他醉心于治国理政，纠结于能不能出世。他曾愤激地说：“吾岂匏瓜也哉？焉能系而不食？”（《论语·阳货》）然而，造化弄人，在做官这一条路上，孔子一生不顺，机会了了。短短四年，是孔子一生从政的高光时刻，只可惜功亏一篑。

“此地不留人，自有留人处”，带着不平，带着遗憾，孔子决心率领众弟子离开鲁国。也许他认为自己运气太差，他要到别处试试。出走鲁国是孔子的无奈之举，也是孔子不服输心态下的一次主动出击。“知其不可而为之”，这是孔子思想性格里很重要的一面。

带着希冀，满怀憧憬，孔子和学生们上路了。茫茫历史的荒陌上，荡起了滚滚风尘。

四

先去哪里呢？出行之前，孔子也曾深思熟虑过。齐国，他不会选择，他知道虽然齐国国君对他素有好感，但齐国的晏子却比较务实，对他的那一套，并不感冒；而且齐国姜姓，鲁国姬姓，彼此间有着先天的戒备心理、敌对心态，他不能投身对手。权衡后，他选定了卫国。理由：一是距离近，来往便利，从鲁国都城（曲阜）西行，顺河而行，一马平川，可直达卫国。二是关系好，卫鲁同姓，“鲁卫之政，兄弟也”（《论语·子路》）。三是国家安定，“卫多君子”（《左传·襄公二十九年》）。所以孔子周游列国，最初目标是卫国。历史记载，他出游 14 年，在卫国 9 年。

有人曾提出疑问，孔子为什么不去宋国呢，那里不是他的老家吗？研究史料可知，孔子19岁迎娶并氏（一说亓氏）时，应该在宋国住过一段时间。宋国人似乎对他这个在外游子并不喜欢，后来的桓魋伐树事件，也证明了这一点。还有一层，不好明说，古人极重“衣锦还乡”，好面子的孔子，不是万般无奈，不会选择宋国的。

概而言之，孔子周游列国，无论是在卫、曹、宋、郑、陈、蔡、楚哪一个国家；也不管是9年，还是半年，总之费尽心力，都没有令人满意的结果。

然而，孔子出行期间，发生了几件有趣的事。从这些故事中，我们能看到一个真实的孔子，原来他是那么亲切、质朴、率真、洒脱。

孔子在卫国时间最长。“人在屋檐下，不得不低头”，孔子也不能免俗。南子是卫国卫灵公的夫人，长得很漂亮，但名声很不好，未出嫁之前，就有艳名传出。有一天，南子心血来潮，派人约见孔子。56岁的孔子不知出于什么考量，还是去了。两人见面的场景，后人多有猜测性描述，难辨真伪，但学生子路对此很不高兴。他怕老师名声受损，对孔子提出了严厉批评。孔子支支吾吾地辩解，说了一些“我也不愿见她”“她一再邀请”“又是老乡”之类的辩词，还赌咒发誓说，“我绝对没想别的”“否则，老天爷不会放过我”，还连说几遍。过了不久，卫灵公与夫人南子出行，二人坐在第一辆车上，孔子坐在第二辆车上，灵公与南子调笑嬉戏，言语放荡，孔子实在不好意思了，丢下一句“吾未见好德如好色者也”的名言，再次离开卫国。

小时候读《论语》，我曾经认真地背过孔子的一句话，“人而无信，不知其可也”（《论语·为政》）。从那时，我就懂得做人要讲信用。在孔子周游列国时，有一件事很值得玩味。

孔子离开陈国，经过蒲，正巧那个地方发生了叛乱。蒲地的人挡住了孔子，不让过去。孔子的学生也不全是吃素的，一看对方只是地方武装，就和他们打了起来。一番拼命，蒲地的人竟然认怂了，但提出一个要求，“苟毋适卫，吾出子”，只要你不去卫国，我们就放你们过去。于是，孔子派人和他们对天发誓，写下保证，签订盟约。可是一离开蒲地，孔子就招呼大家说：“走，走，调头，咱去卫国”，学生们一下子懵圈了，子贡不解地问：“盟可负邪?”孔子自若地回答说：“要盟也，神不听”，他们逼迫咱签的，老天爷才不听呢!

孔子去郑国，路上人困马乏，一不留神和学生们走散了。好在，他还知道“迷了路，不乱跑”的道理，就一个人站在城东门口，干等着。可能是实在太乏累了，又觉得反正这地方没人认识自己，就放下了圣人架子，不再矜持，完全一副失魂落魄的模样。于是就有了下面一段著名的记录——郑人或谓子贡曰：“东门有人，其颡似尧，其项类皋陶，其肩类子产，然自要以下不及禹三寸。累累若丧家之狗。”“累累若丧家之狗”，这话委实不好听，子贡大着胆子转述给孔子，孔子却没有着恼，反而说：“哎，你别说，还真像，还真像”，学生们的心情也随之放松了下来。

孔子周游列国的后期，选定的目标是楚国。多年的经历，使他明白，周围的几个国家和鲁国的政治环境差不多，相似度很大，都不适合自己；而楚国与它们不同，国君有抱负，又没有“三桓”那样的权臣擅政，于是他决定前往楚国，碰碰运气。

在楚国北部边境上，有个军事重镇叫叶县，就是现在的河南省平顶山市。叶县是孔子南下的最后一站，在这里，他接连碰到几个怪人。

一天，孔子遇到了两个与众不同的耕田人。他认为他们是隐者，就让子路上前问路。史书上记载了如下对话——长沮曰：“夫执舆者为谁?”子路曰：“为孔丘。”曰：“是鲁孔丘与?”曰：“是也。”曰：

“是知津矣。”问于桀溺。桀溺曰：“子为谁？”曰：“为仲由。”曰：“是鲁孔丘之徒与？”曰：“然。”曰：“滔滔者，天下皆是也，而谁以易之？且而与其从辟人之士也，岂若从辟世之士哉！”跟着这样的老师有什么意思，还不如跟着我们呢！这些话，令孔子很惆怅，难道自己坚持理想推行仁政，有什么不对吗？

又一天出行，子路落了单，找不到老师，他就向一除草的老者打听：“请问，您看到我老师了吗？”“四体不勤，五谷不分，孰为夫子？”又是一通奚落。

还有一次，孔子外出，楚国狂人接舆从他身边走过时，大声吟诵道：“凤兮凤兮，何德之衰？往者不可谏，来者犹可追。已而已而！今之从政者殆而！”孔子听后，赶忙下车，想和他聊聊，人家头也不回，快步而去。

怪人不是俗人，狂人不是妄人。几个人的话语，在孔子内心掀起了很大的波澜，引起了很大的碰撞。他知道这些人都是坚持原则、有操守的人，是当代的伯夷、叔齐。他对他们心存敬意。几经犹豫，他艰难地做出决定——穷途而返。于是，历史上这场赫赫有名的浩浩出行，渐渐地走到了尾声。

有一个史实必须说清楚，孔子周游列国，曾有种说法，说孔子拜见了70多位国君，这是夸大之辞。其实，他外出14年，一共只去了7个诸侯国。在地理方位上，从今天来看，他并没有离开河南、山东两省的范围。

五

“归去矣，归去矣”，孔子晚年渴盼回到鲁国。可何时归，如何归？孔子和学生们却犯了难。山东人很重面子，所以有些事看起来简单，做起来并不容易。好在，在学生冉有的铺垫下，公元前 484 年，应季康子之邀，68 岁的孔子比较体面地回到了鲁国，从而结束了长达 14 年之久的兜兜转转。

周游结束，但江湖并未平静，孔子的心也并未完全平静，但他很清醒，人事有更替，世界已变化。他知道人家尊重自己，对自己客气，而想要再被重用，却是不可能，于是他埋首书斋，整理音乐，编辑《春秋》，集中精力治学。

躲进书斋的孔子并没有完全放弃理想，放弃努力。他安排学生到各国、各当权者那里效力，并要求他们经常和自己联系。很多时候，这种遥控管理很难随心适意，所以经常出现事与愿违的情况，孔子晚年就常常生气。及至后来，他对帮助自己回国的冉有很不满，竟愤怒地说："非吾徒也，小子鸣鼓而攻之，可也"（《论语・先进》），号召同学们，群起而攻之，干脆揍他一顿，才解气。年近七十，老夫子仍然如此秉性。

有人说，孔子太过醉心政治，属于亚里士多德说的"政治动物"，实不足取。其实不然。以现代角度看，孔子称得上是一个坚守初心、坚持为理想奋斗的人。前文说，叔梁纥盼望他建功立业，光大门楣，可在长期的"治学"过程中，他早就为自己树立起更加高远的目标。他的梦想，是以鲁继周，希望重现周朝初年的盛世。他敬仰尧舜，渴望明君出现，他要发挥自己的才智，致君于尧舜。可现实总是让他失望。

孔子的晚年很凄凉。《礼记・檀弓上》有一段描述，很家常，但很精彩。一天早上，孔子背着手拖拉着手杖，在门前溜达，嘴里慢悠悠地吟唱着："泰山将要崩塌了，梁木将要折断了，贤能的人将要完蛋了。”子贡听到后，心知不妙，赶紧小跑着去见老师，一进门，他还未开口，孔子就嗔怪道：“赐啊，你怎么这么晚来才来看我啊？”又说“殷地人死了后，停棺在堂屋的两个楹柱中间”“昨天夜里，我梦见自己坐在两个柱子之间被祭奠”“我大概将要死了”……随后，卧床七天，死去。读了这一段，没人会把他与至圣哲人联系起来，这就是邻家一普通老人去世前的光景，很真实。

普通人，就会有普通人的遭遇。孔子晚年，就像一个时运不济的老者，迭遭变故。经历着一个又一个的打击。69 岁时，儿子孔鲤先他而去，“白发人送黑发人”，他大哭一场。71 岁那年春天，鲁哀公打猎，捉到一只叫麟的瑞兽。孔子认为，麟是仁兽，被猎，不祥。他又联想到自己，意识到“吾道穷矣”，“反袂拭面，涕沾袍”，他哭得极其伤心，并搁笔《春秋》。然而，打击并没有结束，还是这一年，他最喜欢的学生颜渊去世，孔子悲不能已，连呼“天丧予，天丧予”（《论语·先进》）。

72 岁时，子路在卫国死于叛乱，这件事对他打击更大。如果说孔子暮年还与政治有一点联系，那就是在子路身上了。当时，子路在卫国权臣孔悝那里做邑宰，很得信任，而子路也是最忠于孔子的为政思想的。他把孔子的教育不打折扣地贯彻到自己的一言一行中。卫国一乱，孔子就意识到，其他人都会外逃，而子路肯定挺身而上。即便明知必死，他也不会逃避。果然，子路寡不敌众，“结缨而死”。守义而死，死时还要系好帽带，戴正帽子，以保持尊严。听闻噩耗，孔子呼天抢地，悲痛欲绝。听到信使说，子路死后，还被人剁成了肉泥，他连忙叫人把厨房里的肉酱倒掉，唯恐想到子路的死。

孔子在 70 岁的时候，回顾一生，曾写下了著名的“自述”。说自己“七十而从心所欲，不逾矩”（《论语·为政》）；然而，他是圣人，更是凡人，但不是神人；哀极必心死。他绝望地说：“甚矣吾衰也！久矣吾不复梦见周公！”（《论语·述而》）他又对子贡说“予欲无言”（《论语·阳货》），晚年，他连话都不想说了。

在鲁国故城西南门——雩门外，有一座舞雩台，坐落在大小沂河之间，曾是鲁国祈雨的祭坛。现在还有——一座高高的面积不小的土台，成了一处有名的古迹。孔子年轻的时候，常常散步土台之上，纵览沂河四围风景；迎着风，高声吟唱唐虞之歌。只是不知，在其暮年，孔子还有心情登上舞雩台吗？

六

生前极其落寞，身后无限风光。

孔子生前最大的官职是大司寇。死后千百年来，他不是被称王称师，就是称公称侯，头顶上一长串金光闪闪的头衔。而今，在不知扩大了多少倍的宅院里，摩肩接踵，人流如织，香烟缭绕，人声鼎沸。

有时候，我突发奇想，饶是孔子圣明谦和，他也该受不了这份升级版的热闹，而一定早早地躲远了。那么他会躲到哪里呢？

尼山！对，一定是尼山。那里是他的父母祈祷并钟爱的地方；而且山下，至今还有他父母生活过的村庄，有他和父母一起度过的最美好的记忆。

尼山，是孔子生命中最重要的一座山。躺在尼山的臂弯里，孔子是安静平和的。尼山的孔子才是自在从容的孔子。孔子一生喜欢音乐。他乐而鼓瑟，忧而击磬。琴瑟钟磬，铮铮叮咚，配和着淙淙水流，声声松涛。在月明的晚上，一定会有祥和的乐声从尼山上飘下。

温情脉脉

好春在高枝

春节刚过，有人在朋友圈里晒出了一张图片：护城河边，两三枝褐色枝条上，顶着七八朵迎春花；图片下，还配着一惊一乍的“惊喜”表情符号。也难怪，料峭寒风里，四周是一片灰蒙蒙的单调和一阵阵瑟瑟的战栗，而这几朵娇俏的迎春花，闪着明亮亮的鲜黄色，很轻易地就让人欣喜、兴奋，竟至从心底生发出浅浅的暖意来。

读书时，学过唐人“前村深雪里，昨夜一枝开”的诗句，至今还记得语文老师当时讲解“数枝”和“一枝”的不同时那认真而得意的样子。而今，再读这首诗，却觉得人们更应该欣赏和学习这首诗的一二句——“万木冻欲折，孤根暖独回”所写出的梅花的那种勇气和豪情。

“诗家清景在新春，绿柳才黄半未匀。若待上林花似锦，出门俱是看花人。”（唐诗《城东早春》）很喜欢这首诗，清新自然，明快真切。莫怪世人过分地喜欢早春，漫长的冬季把人们憋闷得太久了！人与万物一样，都不能长时间地处在一种低落收缩的状态里面。故而朱自清才会在他的名篇《春》里自然地倾洒——“一切都像刚睡醒的样子，欣欣然张开了眼。山朗润起来了，水涨起来了，太阳的脸红起来了”——孩子般的天真。

记得小时候，立春过去不久，母亲就在晴暖的天气里，挎上竹篮子，带上镰刀头，到田间地头去挖野菜。那节点，哪会有那么多的野菜，但她总不听劝，总是隔天又蹒跚着出现在田野里。今天，我终于懂了——母亲并不在意那几棵可怜巴巴的野菜；她当了一辈子农民，她是喜欢双脚踩在田垄上，真切感受到脚下泥土酥酥软软的感觉。“天街小雨润如酥，草色遥看近却无”，母亲虽没有诗人心思细敏，但她知道，不用着急，只要有了这种酥酥软软的感觉，田野里很快就会变出大片大片的绿。现在想，那种感觉在母亲心里绝对是一种发自心底的熨帖。

“几处早莺争暖树，谁家新燕啄春泥”，前几年初春独自漫步南山时，亲眼见到一大群喜鹊叽叽喳喳地在几棵杨树顶上吵闹，那一刻，我一下子就捕捉到了春天的生机、生气、生命，身心一下子就轻松了起来，脚步变得格外轻快。

过年的时候，朋友圈里充溢着各色祝福、拜年的话语。我也凑热闹，守着满屋的红花绿草“春意”盎然，就用心编了两句祝福“向阳春色早，好春在高枝”。

好友戏问：“何为高枝？怎么样才叫好春？”冷不丁地，我被问了一个“懵懂”。想来，人生近半百，虽不能就说“曾经沧海”，但也算是看山，看水，多曾见花开花落。平素，常莫名地感动于一些日常、一些平淡、一些琐碎；更何况——骄傲地仰着笑脸的迎春花的几点鹅黄，挤爆着芽苞柳梢头的几许嫩绿，四方飘散着的丝丝蜡梅的几缕芳香——这些看似细微的迹象，稍加用心感触，联想，体悟，就会让原本粗糙的心灵生出“善心”“暖意”，就能催促懒散的思想“奋发”“上进”。

“阳和启蛰，品物皆春”，“好春”“高枝”这两个美好的意象凑在一起，竟成别一样的高远意境！

但愿“东风随春归，发我枝上花”。

父子，人世间一场深情邂逅

傍晚下班回到家，妻子告诉我说：“明天孩子学校有个徒步活动，班主任在家长群里征集陪走家长，你去吗？”“什么徒步活动？又要家长掺和，总是拿家长的工作不当回事。”“你看，就知道一说你准是这种腔调。周五，孩子班级组织 30 公里徒步远足，班主任觉得很有意义，提议有条件的家长陪走；这次远足对大多数学生来说是人生的第一次，家长自愿报名参加，还有人数限制呢”，妻子强调说。“再说吧”，我没置可否。

晚饭后，我有一搭没一搭地看着篮球赛，球赛激烈有余精彩不足，所以精力就不完全集中。儿子今年上高一，在校表现差强人意，属于多才多艺、积极向上的一类。回想他成长的历程，有几个场景我一直深记。

有一件事，现在想起我依然很诧异。儿子一岁半时，刚刚蹒跚走路，话还说不了几句，但伶俐可爱。初为人父，自是很喜欢，中午休息的时候，我就常常赶回家看他。一天中午，如常回家，一番嬉闹后，家人忙家务，儿子独自在旁边玩玩具。因为有些疲劳，我就仰躺在客厅沙发上。一开始，并没有想睡，因为还要照看儿子，但一会儿就睡意渐浓。突然，儿子停止了玩玩具，脚步蹀躞着向卧室走去。房间不大，并不担心出意外，我只是迷迷糊糊地留意着。过了一会儿，儿子又蹀蹀躞躞着走了回来，手里拖拉着他睡觉用的小被子，脚步橐橐地。正纳闷间，只见儿子踮起脚费力地往我身上盖。那一刹，心一下子就和儿子贴得紧紧的。

自从儿子小时起，妻子就给他报了很多培训班，但我几乎没有陪过。有次，妻子带着极大的抱怨说："平常你就不能多陪一下儿子嘛，每次都是我们娘俩出来进去的，人家都误会我们是单亲母子。"究其实，我不是不喜欢儿子，除了本心里坚持认为儿童应该多游戏，心底比较抵触给孩子报班外，日常我的世界里也的确充斥着各种各样的所谓事宜。

一个雨天，儿子放学，我抢着拿起雨具去接儿子。心里想着，回来时正好背着他，可儿子一句"我挺沉的，你背不动了"，让我怅然很久。一晃儿，儿子上高一都半年多了，正所谓"吾家有儿初长成"。想起了网上曾经流传过的一句很虐心的话——"爸爸，你再不陪我，我就要长大了"，内心里就多了些许的恐慌。

正没头没尾地想着，抬头见妻子走过来，我连忙郑重地说："周五的徒步活动，你给我报上名吧。"虽然我自己也做过高中的班主任，却一直对儿子的班级活动不以为意，甚至没有参加过一次儿子的班会，也没出现在儿子的班级通知群里。今晚，想了很多，突然意识到自己得有所改变，于是决定参加。

说实在的，日常我很享受和儿子的零距离地亲密交流。儿子上二年级时，接他回家。路上，儿子神秘地和我说："爸爸，告诉你一个事儿，班里有女生给我送纸条呢。"听后，我哈哈大笑，然后问："快告诉我，上面写的什么。"儿子腼腆地说："她说，她喜欢我。"我赶忙说："这很好啊，说明你在班里表现优秀，得到同学们的肯定，以后继续好好表现，会有越来越多的同学老师喜欢你。”因为有鼻炎，有一次带他在公园里玩耍时，我很随意地就吐了口痰。当时，被他好一阵数落，而我却不以为然，极力辩说。现在想来很为自己当时的不真诚而难为情。如是过往有很多，似乎很琐碎，却很真实亲切。

第二天中午，正在办公室忙碌，突然接到儿子电话。“爸爸，听说你报名参加我们班的30公里徒步啦，”儿子声音里带着点意外和关切，“你能行吗？可是60里啊，你吃得消吗？”“没问题，爸爸上高中的时候，还跑过10公里越野呢，放心吧”我平静地回答，“那好，周五等着你啊。”我能想见放下话筒，儿子兴奋的样子。其实，我心里也很看重这次陪儿子的徒步活动。在我思想深处，这次远足的象征意义和仪式感是弥足珍贵的。

周五的60里徒步，最终我还是坚持了下来，尽管不是足数。因为往回返的时候，这些高中孩子的体力好，眼看快要到校，忽然跑了起来，我就怎么也跟不上了，不得不坐了七八里的车；但追上他们后，我还是下车，坚持走到最后。中间好几次我坚持得很吃力，但因为内心仪式般地看待这次活动，就把“陪儿子走到最后”看得很重；所以我咬牙坚持，尽管大腿小腿没有等到第二天起床当时就疼痛了起来。

其间，儿子几次回头看看我，有一次还跑回来问我的感觉，我开玩笑地说：“没问题，不会给你丢脸的；你走你的，绝对能跟得上你们。”

平素，我很喜欢读龙应台的散文《目送》，因为能从中很真切地感受到她字里行间流露出的别离与牵挂。我在自己的短文《我也不是个好儿子》里，也曾为自己在母亲生前没有尽心陪伴她，而懊悔不已。在儿子两岁多点的时候，他特别喜欢趴在摩托车前头，靠在我怀里，让我带他兜风。可惜只有一两次，后来他几次说起，问我什么时候再带他去飞奔，我总答应着，一直到换了汽车，再也没有实现过。

在此次长长的50多里的远足中，我不断地反思。生活中，我不是不愿多多陪伴儿子，只是我坚持认为孩子的成长，家长不能过多干涉。每个生命个体都有自己的独特呈现，要学会自觉地去尊重。曾和朋友们深度交流——“一花一世界”，每个孩子都有属于自己的天空；做家长要坚持“帮忙不添乱”的原则，孩子才会自由健康地成长。

这些貌似有道理的想法，一度造成了自己在儿子成长过程中的严重缺位。可我深知，亲人间最诚挚的爱其实很简单，就是好好陪伴！关于孩子成长，我虽然始终奉行不严厉要求，不过分干预，不盲目主观设计；但也清楚在孩子成长的路上，不能少了用心的陪伴、深情的关注，要珍惜每一段同行的机会。

有人说，父子亲人间其实是一场深情的邂逅，遇上就是莫大的缘。我爱我生命过往中的所有亲且近的人，此生唯愿做好一件事——与子同行！

快乐，是远空舒舒卷卷的云

冬日，一个难得疏懒的周末早上，我和昔日的学生通了一个长话，随后心情大好。这情形和一个月前与她的另一次通话大不同。

她是我十八年前的学生，那时我教她高中语文，而她表现出极高的语文素养，于是对她关注就较多。高中毕业后，通过几封信，后又几次通话，零零星星地了解到，她大学毕业后，先工作，又考研，又出国，又找工作——总是不怎么顺遂。

一个月前的一晚，学生发来微信，试探着问忙不忙、可否通话。于是打过去，聊了很久。然而挂掉电话，我心里却很久不能轻松。电话里，她告诉我，她考取了一个事业编，但很不喜欢！不喜欢那个城市的环境，不喜欢工作的内容，不喜欢同事间的气氛，她要重新应聘一份工作，让我帮她联系一次试讲。通话时，我又犯了教师的职业病，认为她浮躁、矫情、娇气，不安分、不吃苦、不世故，于是“苦口婆心”“不厌其烦”，指导与劝谕并行。最后，把自己讲得都很劳乏了。现在想来，也难为她听了我那么长的一篇的“喋喋”。其实，我并不了解实情，也没有耐心倾听，隔着电话，闭眼一通，实在不够高明。

这次周末通话，她说她辞了原来的工作，到了南方。她说很喜欢现在的工作，现在的环境。电话里，还是惯常的语气——“老师啊，你是不知道，我实在受不了北方的苦寒；我真干不了那种收文件啊发文件的活儿”；“老师啊，我是真喜欢这里的环境，空气清新，阳光灿烂，自由且干净”。稍晚，她发过来几张图片，天空高远，云白如絮。又留言，她那里木兰花已盛开，花大如碗，花红如锦。

印象里，高中毕业后这些年，她总是在“折腾”，似乎总是没有做好“应该做”的。我自以为老道，就着急于她的“不切实际”。此一番通话，让我对她有了别样的认识；同时，对人生、生活、生命也有了不同以往的看法。

联想起前不久，她出国那段时间里她分享的图片、文字，就很为她拥有了现在的环境而高兴。

她的追求并不是多么的高远——与天同蓝，即得盈满。

“静谧黄昏，自远而至。掩窗夜茶暖，凝心晚钟迟”，她认为，生活是应该富有意境美的。

她喜欢蓝的阳光、绿的海风；沉浸于“昼坐听风，夜眠听雨”。

乞力马扎罗的积雪；桑给巴尔的夕阳、椰林；摩洛哥的薄荷茶、哈桑二世清真寺……“索居闲处，沉默寂寥”，谁能想到，她如花容颜下，还有一颗散淡不羁的心。

很为她高兴，一番执着后，终得美好。

曾笑问她，为什么不抓住机会，把自己适时“安置”了；她严肃地回答，不想把自己有限的时光，消耗在日常的琐碎与乏味里。

现在我理解了，有些生命注定是要飞在高空的，有些心灵天然属于自由飘荡的；停滞就是痛苦，单调就是折磨。

愿她在南国的天空上，如云般自由地卷舒。

天凉好个秋

老单来到济南的时候，“立秋”已过，天气开始转凉，特别是一早一晚，秋风渐起，凉意宜人。

不得不说，2018 年的夏天是一个有必要记录下来的夏天。整个夏天，气温格外的高，平均气温、最高气温、连续高温的天数，均远超往年。“挥汗如雨”“汗流浃背”“坐着都出汗”等，是这个夏天的常态。然而，天气刚一转凉，老单就来了；来的时机真的很好！

多次和别人说起，老单是我河南濮阳的一位好朋友、一位老大哥。究其实，我们才刚认识三年多，屈指一数，也就见过四次面，是地道的“白头如新，倾盖如故”。我俩初次相识，是三年前在同学的公司里。老单他们五六个人一起来的，他为首，原本是洽谈合作事宜的。合作没有谈成，交流中的许多题外话，却让我们迅速走近，在相互留下联系方式的同时，彼此也留下了深刻印象。

“老单”并不老，五十来岁，身高体壮，总给人一副精力旺盛的样子。再说，随着生活水平的提高，人的外在年龄感呈现整体后延的趋势。原来人五六十岁就呈现老态，现在却整个还一青壮年的样子。老单的“老”，在于他表现出来的气息上，在于他给人的感觉上。有的人的沧桑全写在脸上，而老单的沧桑却是遍布全身，言语、举止，甚至不经意的眼神里。

老单算是一个能“折腾”的人——初次见面的交流中，已经分明地感觉出来；他还是一个经历复杂阅历丰富的人，虽然认识时间短，不能尽知，但从只言片语中，能捕捉到。然而，让我更感兴趣的是，这一外表粗豪果决的中原汉子却多次流露出细腻温和的情感。一经接触，他就给人一股发自心底的真挚热情劲儿，让人愿意接近。

时下，借助飞速发展的信息技术，人际交往也越来越便捷顺畅。除了传统的电话、短信外，新兴起的微信、微博等，更是瞬间就传递了信息，表达了意愿。不经意间，就了解了对方，拉近了彼此，加深了情谊。我们之间正是如此，朋友圈里，几次热情点赞，用心点评，就快速地升华了友情。

随后的微信交流中，了解到我俩有许多相同的地方。都曾做过语文老师，偶尔也都喜欢写几句泛酸文字；都爱交朋友，平日里，总是三朋五友的聚，而且在心里朋友的事儿都是正事大事，于是经常忽略了家人工作；内心里又极喜欢安静，闲时总想一个人随意走走，执着于那份能独享的恬静闲适。共同点一多，就盼着见面，盼着能深度交流，于是就隔空几次互约。畅想着，秋天里一起爬太行，游帝丘；描画着，春风中，漫步大明湖，赏咏趵突泉。可是，时日匆匆，一直没能遂行！

立秋刚过，忽然看到老单的微信留言，说他“下周四五，到泰安办事，事务简单，时间有余，渴盼一见”。看了一下日程安排，近日有点小忙，又一想，考虑忙就总忙。于是，约定周五晚上，泰安一晤。周四上午，又接到微信，说他周三提前来的，事情已办完，考虑我工作上事多，想下午坐车回去；只是这次又要爽约，心甚怅怅。又说，半年前为朋友事来济南，来去仓促，没有聊够，很觉遗憾。短短几句话，犹犹豫豫地，全没有往日的爽快，我赶忙回复："既然来了，就别再后推了，说了就做，才是咱们的秉性；中午我去接你。"

接上老单，热情寒暄后，就着手开始我的安排。先把他安顿在单位附近一家宾馆，约好下午下班后，我去接他。其间，他又因前一晚丢了身份证，由宾馆人员陪着去派出所办了临时身份登记。

下午上班，眼前总是浮现老单形单影只的身影，就想这次要好好陪他喝一杯，好好聊聊。

行程早已经计划好，先去大明湖，然后百花洲、曲水亭，最后，择一临泉酒馆，听水流，品美酒，话平生。

刚坐上公共汽车，两个人便打开了话匣子，政治经济人文地理风物掌故……等走进大明湖东门，他立刻被大明湖的景色吸引了。傍晚的阳光，斜铺在阔大的湖面上，水光潋滟，如锦似缎；亭畔间，荷叶田田，随风摆举，袅袅婷婷；岸边，莺声燕语，细柳拂肩，绿苇轻摇……真可谓山柔水媚，江山多娇，任谁逞英豪！老单一边赞叹，一边不时地举起相机。从他对取景角度的选取、光线强弱的选择上看，他是个非常热爱生活、有丰富摄影经验的人。

赏景，拍照，不亦乐乎。寻空，我给他介绍起大明湖的掌故——韩复榘逸事，老残游记描述，佛山倒影奇景，蛤蟆不鸣怪异……"大哥，想当年乾隆爷还在这里邂逅了夏雨荷呢。"不经意的一句话，老单却分明怔了一下，脸上现出了不易觉察的落寞。看我留意，他自嘲地笑了笑："兄弟，哥们老了，应付不了了，空留负累啊！"我想起，前几年他身边曾出现过一位年轻漂亮的女士，大概指她。于是，哈哈一笑："大哥，你我鬓已星星也！当止则止，才叫明白从容。""对，对，对！走。"

曲水亭畔，是个会见老朋友的绝佳地方。高低错落的仿古院落，挨挨挤挤，或开或闭，虽新旧不一，却都是老成沉郁的模样，让人沉静；历史悠久的老街旧巷，穿穿绕绕，高高低低，慢声细语地讲述着不为人知的往昔人事，饶有趣味；再加上，泉城人引以为傲的济南城独有的遍布街角院落的家家泉水，潺潺汩汩，似朵朵秋菊悄然绽放，有的笑脸迎人，有的羞涩掩嘴，让人忘记纷争悲喜。

小酒馆的二楼上，我和老单有一句没一句地讲述着那些曾经让自己兴奋骄傲的光荣，也轻描淡写地述说起那些曾经的愁煎逼迫……一杯酒，喜相逢，人到此境，成败悲喜变淡变轻！且喜这无边的泉城秋夜，醉人迷人；最应景的是，两个中年男人也正秋意渐浓。不由感慨，古人悲秋绝不是无病呻吟无聊造作，而是境由心生啊！

走出小酒馆的时候，我俩酒意恰好。街边灯影幢幢，身边游人如织；月亮很亲且近地挂在河畔的柳梢上，水面上的月影却是朦胧恍惚。我和老单相视一笑，此刻，话语显得有点多余，最恰切的是那一句“天凉好个秋”！

酸酸甜甜“赤粒子”

朋友送来一袋车厘子，说是美国车厘子，颗颗饱满，又大又甜；但价格“贼拉贵”。仔细端详，其实就是“樱桃”。百度一搜，可不就是进口的樱桃吗，而樱桃的英文名为“Cherry”，翻译成中文——“车厘子”。

“车厘子”“车厘子”，我反复念叨着。对这名字，我很是好奇，因为在儿时的记忆里，也有一种小野果，有着相似发音，叫“吃离子”或“赤粒子”，没有人知道到底该怎么写；姑且，先写成“赤粒子”吧，因为和记忆里的发音最相近。虽然，仅正其名，就很纠结，但是于我，关于“赤粒子”的记忆却是深刻而真切，而且少年时期的大半记忆，都与它有关。

生长在农村，注定离不开田野。虽然，免不了“劳作”，但对于一个孩子来说，却能在田野里找到更多的乐趣。蟋蟀、蝈蝈、蚂蚱，野兔、野鸡、鹌鹑，还有各种野生的瓜果，总会让人忘掉原本就有限的劳累。在我的关于田野的记忆里，最难忘的就是“赤粒子”。

“赤粒子”春天开花。浅浅的粉白色，高粱米大小，不算惹眼。但早春里，山野还没有染绿，它遍布在田埂、山坡、地头，盛开在还没泛青的杂草丛中，自有春花烂漫、“她在丛中笑”的意思。估计，它们应该是蜜蜂的第一拨花源。花香而繁密，星星点点的。印象里，春天最先的热闹，就是它们带来的。有花，有蜜蜂，天地就活了。可随后，它们又沉寂了。山野里，大片的绿色，各种花开，生机盎然。如不是有心，再也不会有人注意到它们。

一整个夏天，人们都会把它们忘得干干净净的。当酷热消减，人们稍稍能够还算轻松地出现在田间、地头时，不经意地，就会发现，一丛丛的趴伏在草丛里的“赤粒子”的绿绿的叶缝里缀满了累累浆果，它们大多已泛着褐红，但不要急于摘，还早着呢；不信，你摘一个放嘴里，保准又涩又酸。

再过半个多月，秋意渐浓，玉米、大豆、高粱、谷子、芝麻等渐熟，一年的收成到了关键时候，大人们的注意力都被一块一块的庄稼吸引了过去，而孩子们也来了精神。在不多的几次出坡里，他们早就为自己梦中的“金色的秋天”打下了“伏笔”，个个心里都藏着自己的小秘密。哪棵酸枣树的酸枣又大又甜，哪块地里长有黑皮红瓤的西瓜，哪里藏有前不久用杂草遮盖住的甜瓜，还有哪片地里蝈蝈最多、叫声最亮……而我恰恰知道有几处的“赤粒子”长得最好。

每当地里的苞米吐着金穗，高粱羞红了脸的时候，我就和两个老铁儿，或者就自己个儿，去摘取我一整个秋天的“惊喜”。前面讲过，“赤粒子”遍野都是，山坡、地头，随处可见，但那些地方都不是最好的；最好的，很少有人发现。现在想来，我的“赤粒子”之所以后来没有“推而广之”，很可能就是因为自己存了“贪婪”的私心的缘故呢！

大多数人只尝到过长在路边上的显眼处的“赤粒子”。虽然看上去，也是一串串的，红中泛紫，煞是好看，却甜中带酸，口感不佳。所以，很少有人对它们青睐有加，以为不过如此；可是，我却知道，事实不是这样的，田野里确实是有那极鲜的美味。现在，很多时候倒后悔自己年少时的“独美”了。

上高中时，学王安石的《游褒禅山记》，当读到“而世之奇伟、瑰怪、非常之观，常在于险远，而人之所罕至焉”时，就联想，世间还有些“惊奇”，常藏在人们不留意处，比如“赤粒子”，人们也很难发现，而我却知道，是不是也很牛！为此，我很得意过一阵子。

言归正传，我念念不忘的“赤粒子”，肯定不会长在道旁路边扎眼处。在村南，靠近山坡处有几块大片的玉米、高粱地，临近秋收时，玉米、高粱长得高大粗壮，肥料早已施足，杂草也已拔过几遍，几场雨水后，庄稼疯了一样长，整块庄稼地里，枝叶交通，密不透风，而且粗厚的玉米、高粱叶片，又硬又韧，叶片边缘很锋利，往里一钻，很轻易地就被划上道道伤痕，加上闷热的天气，一被划上，伤口火辣辣的，疼痒难耐。直到收割大人们是不再进去了，孩子们更是躲得远远的，而我却早已按捺不住了。田地深处的“秘密”，像宝藏一样引诱着我。

换上长袖的衬衫，提上打草的竹篮，把头一低，顺着地垄，从玉米、高粱叶下，一气儿钻过去，那感觉赛过武工队员提枪穿梭在青纱帐里，神秘刺激。好几次，因为冲得急，被粗大的玉米、高粱秆儿，挡得磕磕绊绊的；脸上、脖子上留下一两道划痕，也顾不上了。来到土堰跟前儿，就见一排排“赤粒子”棵，倒伏在土堰上，密密的厚厚的绿叶婆娑成一片，什么也看不到。

“赤粒子”呢？跟我来，小心翼翼地攀上土埂，站稳脚，用手掀起一片沉甸甸的绿叶，就看到大串的“赤粒子”，累累地缀满枝丫，个头大如算盘珠，深深浅浅的紫色里，泛着油亮的光泽。摘一颗，放到嘴里，轻轻一咬，满口的带有质感的酸甜；霎时，唇齿间、喉咙里全是琼浆玉液，那感觉无以言表！注意，摘取时，不要过于用力，有的深紫色赤粒子，已经熟透，一不小心就戳破了；而那味道却是最醇美的。还有，不要粗心，赤粒子是丛生的，掀起一层，下面可能还有一层，甚至五六层。尤其是夏季雨水多，多日冲刷下来的浮土，层层压住了。不细心，完全发现不了。我却是知道的，于是一层又一层，就生发出一阵阵的惊喜。很多时候，不用挪地方，就收获颇丰。摘满篮子，满心欢喜地带回家。在物资极度贫乏的岁月里，全家老小以及东西邻居会兴奋好一阵子。

有一次，我还意外地收获了另外的一种“惊喜”。一天下午，一大丛成色极好的赤粒子强烈地吸引了我，我怕别人来抢似的快速地摘起来。正起劲时，却不小心碰触到了旁边酸枣枝上悬挂着的马蜂窝。“嗡”地一声，十几只马蜂向我冲来，我连忙趴下不动，但刹那儿的功夫，眼上、脸上还是肿起了大包儿，木木的，一时并不疼。我心想，这下闯大祸了，我知道邻居有被马蜂蜇过的，又打针，又抹药，好久才治好，而且被蜇肿的地方，好长时间肿得发亮，还伴随着怪异的疼。也许福至心灵，突然间，就想起不知从哪本书看到的偏方，说童子尿解热毒。我赶忙解开裤子，把尿尿到手心里，小心地往被蜇的地方抹。那一会儿，常被母亲批评“穷干净”的我，一点儿不避腥臊。说来也怪，仅抹了两三遍，肿消了，也不麻了，脸、眼睛上被蜇过的地方，竟有轻松清亮的感觉。神奇不神奇？惊喜不惊喜？

转头看看朋友送来的漂洋过海而来的“车厘子”，虽然贵气逼人，却远没有我少年记忆里的那深埋在浮土下躲在庄稼地深处的赤粒子来的亲切有灵气。

今冬，我“擦肩”了断桥的一场雪

今冬，去到杭州，很遗憾，我和断桥的一场好雪擦肩而过了。

立冬不久，接到去杭州学习的通知。杭州，对我来说，无论哪个角度都是颇具吸引力的。且不说它 2200 多年悠久的历史、“咽喉吴越，势雄江海”的地理；也不用说它“人间天堂”的美景、“丝绸”“鱼米”之乡的物华；单就是那些曾在此出现过的灿若繁星的杰出人物，就令我心驰神往，肋欲生翅。人所熟知，羡煞曹刘的三国吴主孙权、一剑霜寒十四州的吴越王钱镠、四明狂客唐代诗人贺知章、初唐书法名家褚遂良、民族英雄明朝柱石于谦，还有沈括、龚自珍、袁枚等都是地地道道的杭州人；更加上白居易、李贺、苏轼、李清照等的匆匆过客，无不为杭州秀美的湖光山色增韵生辉。

数年前，曾到过杭州。那是个春天，西湖边桃红柳绿，姹紫嫣红。大家伙骑着单车在苏堤上欢快地穿行，并争相在“苏堤春晓”的碑旁留影存念。一晃几年，关于西湖美景的印象，就只剩下一首民谣里所唱的“西湖景致六条桥，一株杨柳一株桃”了。

所以，近年我养成了一个习惯，就是外出旅行不再漫无目的一味地游玩了。无论去到哪里，总是先设定个目标，总想多多了解到与其有关的人事、风物、典故。潜意识里，吾生也有涯，光阴不可虚掷。

青山也好，湖海也罢，既然有缘相逢，就须倍加珍惜；虽说因了机缘福报的缘故，难免终归流于“浮光掠影”，但尽可能地撷取一些“雪泥鸿爪”，也就足以慰怀了。

坐在南去杭州的动车上，同行的朋友们谈论着西湖美景、杭州风物以及各种趣闻传说，眉飞色舞，意兴勃发；而我也抛开矜持，顺口作打油诗一首：

此去杭城意几重，
六和塔下会武松。
不爱湖边弱柳绿，
且忆昔年沙场红。

前不久，重读《水浒传》，了解到当年宋江带兵平灭方腊后，断了左臂的行者武松无意功名，就退隐在杭州六和寺里，时年 34 岁，并最后终老于寺中，享年 80。武松人称“情义”，是《水浒传》中响当当的角色，缺少了他，《水浒传》的精彩程度将要大打折扣。作为他的老乡，此去杭州，是必得去拜谒一下的。

时下，信息传递迅捷畅达。刚到杭州不久，昔日的学生就联系上了我。言明一定要抽空一聚，并要带我转转。于是，就约定一天下午课后，来学校接我。冬日的杭城，虽草木未凋，远山含翠，但季节已到，满城尽带萧瑟肃杀之气，所以这个节点还真没有让人兴致高的地方。见面寒暄过后，学生热切地问：“明天，还想到哪里转转？”我说：“想去看看六和塔。”“六和塔？”学生很疑惑，“这个季节不合适，江上雾蒙蒙的，什么也看不清。”我解释道：“其实，是想去拜谒一下武松墓。”“武松墓？”学生打断说，“武松墓就在西湖边上，在西泠桥那里。”如此一来，我才发现自己想当然了，功课没做好。学生说：“吃完饭后，咱顺路过去，一站，就了了您的心愿了。老师，如果明天有空，可以在断桥附近走走，那里景点集中，这个季节人也少，而且天气预报说将要有雨雪，断桥看雪不是很美吗？”

饭后，返回的路上，学生顺路将我带到西泠桥畔。果然，在一小片树林里见到了武松墓。因为是晚上，光线不好，只觉得地方很幽静，气氛有些冷寂。回转身，也就几十米的距离，在西泠桥头，竟然又看到一座墓，上前一看，碑题：钱塘苏小小之墓。这让我大出意外，之前，知道苏小小的墓也在西泠桥畔，可没有想到两者竟挨得如此之近。一个绝世才女，一个旷世英雄，死后能够比邻而居，这是怎样的机缘巧合啊！

回到宾馆，很长一段时间，我不能入眠。想那苏小小原本是南齐时期钱塘一带有名的歌妓，玲珑秀美，聪慧多才；然而，天妒红颜，佳人命薄，先是父母双亡，后又感情连遭挫折，加之本就体弱多病，23岁上香消玉殒。死后，朋友遵其“埋骨西泠”的遗愿，将她葬在西泠桥头。后人慕其才名，多有诗作传说言及，至今苏小小墓已成了西湖边一处闻名遐迩的名胜。白居易有诗写道“若解多情寻小小，绿杨深处是苏家。苏家小女旧知名，杨柳风前别有情”。世人只道苏小小天资多才，秉性风流；却不知先有世家公子阮郁一去杳如黄鹤，后有寒门书生鲍仁赴京赶考音讯皆无；纵她多情多才，又怎能不生失望怨怅！埋香西泠，既偿其所愿，也为这方山水平添秀色了。

好不容易睡着了，却又梦见一独臂行者，面湖而立，静默观山。只见他“前面发掩映齐眉，后面发参差际颈。皂直裰好似乌云遮体，杂色绦如同花蟒缠身。额上戒箍儿灿烂，依稀火眼金睛；身间布衲袄斑斓，仿佛铜筋铁骨。戒刀两口，擎来杀气横秋；顶骨百颗，念处悲风满路”。噫，这不是人所敬仰的打虎英雄武二哥吗？细端详，又有些不像。此人眉宇间透着安静，少了杀气；神情里透着温煦，少了躁戾。刚想趋前打问，那身影却倏忽不见了。

世人皆道武松是个大碗喝酒、大块吃肉、呼朋引伴、酒酣胆张、快意恩仇的汉子；然而，细读《水浒传》，就会发现武松其实还是个懂礼数、识分寸、重情义、讲担当、心思细密、情感丰富、热诚而又温情的人。在金圣叹眼里，他是比梁山上那上上人选鲁智深还要高出一大截的人，排名第一，没有并列。

第二天是学习的最后一天，学校给了半天假。因为惦记着学生说的“断桥可赏雪”，于是约上几个朋友租车外出。到了断桥，游人果然很少。天阴阴的，一阵阵细雨洒将下来，只是不见雪的影子。众人也没有多少抱怨，依然兴致颇高地评点着远山近水；不时地，还停下来取景留照。

一路走着，不觉间又来到了西泠桥头。“慕才亭”内，苏小小墓精巧雅致中透着玲珑秀美，与旁边的青山绿水浑然一体。仔细瞻顾，我不由感慨，如果在桃红柳绿的春天来此会更好——“妾乘油壁车，郎跨青骢马。何处结同心？西陵松柏下”。

同行的都是山东人，于是我招呼大家：“大家跟我来，我们一起拜谒一下咱们的老乡”，众人好奇地跟过去。白天再看武松墓，有立碑，有卧铭，有坟冢，有牌坊，气势强了许多。有同行的说：“来拜访武二哥，忘了带瓶酒了。”另一个人说：“来，咱们点根香烟聊表敬意吧。”虽说言语中多少有点儿戏谑的意味，但情义还是足足的。

打车返回的路上，一朋友说：“这断桥残雪到底我们也没看着啊。”另一朋友接口道：“老天不恤无福之人啊！如此奇妙的景致，哪里是这么容易看到的。”

说来也巧，返回济南的第二天，学生就在朋友圈里分享了她和朋友在断桥赏雪的视频。视频里，断桥上人头攒动，西湖里游船往来；积雪覆盖着桥边的绿植，绿白分明，有人调皮地在一株粗黑的柳树干上堆了一只仰头上爬的乌龟；一切都是那么妙不可言。

看过视频，我陷入了沉思，“断”“残”两个并不讨好的字眼，凑在一起在那方天地里竟然给人带来那么大的欣喜；两个不完美的意象迭加在一起竟能创造出如此美的意境。说个较真儿的话，“断桥残雪”也并不稀奇，人们喜欢的应该就是它所营造出的意境，或者说它的意境暗合了某人某时某刻的心绪而已。

茫茫宇宙存在着太多的未知与巧合。我本无福，错过了今冬杭城的第一场雪，不能一睹“断桥残雪”这一奇丽景色；然而，我却有幸，在西泠桥畔“钱塘苏小小墓”旁，见到打虎英雄武松的坟冢——才女、英雄，柔情、豪情，情意、侠义。冥冥中我心生一种别样想法，竟为这两位命运多舛的绝世人杰虽生隔数百年却能在死后比邻而居而心生确幸。我深深感动于这个赫然出现的巧合了。

今冬，去到杭州，我擦肩了断桥的一场好雪。

下雪，渐成济南冬天的一种“奢望”

近几年，一到冬天，身边的人就盼着下雪。雪，极少盼到；盼雪，却成了大家冬日里的一种别样的情愫。

在南方，如果冬季里能邂逅一场大雪，那绝对是奇观，必定引人欢呼雀跃，兴奋莫名；就连村子里的狗都要发狂，粤犬吠雪说的就是此种情形。然而，在北方，时节进入到数九寒冬，如果总是见不到雪花的影子，人们就会惶恐，甚至焦虑……

不下雪的冬天是不完美的，让人觉着不是那么回事儿。老舍先生的《济南的冬天》脍炙人口，让外地人对济南，对冬天的济南很向往。他总括冬天的济南，给人的感觉就是两个字——“温晴”；他却又极力描绘济南冬天的雪。他这样写道：“最妙的是下点小雪呀。看吧，山上的矮松越发的青黑，树尖上顶着一髻儿白花，好像日本看护妇。山尖全白了，给蓝天镶上一道银边。山坡上，有的地方雪厚点，有的地方草色还露着，这样，一道儿白，一道儿暗黄，给山们穿上一件带水纹的花衣；看着看着，这件花衣好像被风儿吹动，叫你希望看见一点更美的山的肌肤。等到快日落的时候，微黄的阳光斜射在山腰上，那点薄雪好像忽然害了羞，微微露出点粉色。就是下小雪吧，济南是受不住大雪的，那些小山太秀气！”

小时候读到这一段，曾经充满了疑问，认为他写得很不准确。上世纪八九十年代，我生活在一个离济南城不远的东边的一个村子里。记得那时，一到冬天，总会要下几场大雪，那雪可不能说是小雪。记忆中，好多次“雪映窗纱，内外皆明”，一觉醒来，看到外面天光大亮，以为要耽误到校早读了。胡乱地穿好衣服，急切地推开门，哇，——大雪封门，一片白的世界。记得晚上临睡前，还和伙伴们在街筒子里打闹；“一夜雪无声”，不知什么时候，竟落下了这么大的一场雪。大门上、院墙上、粮囤上、猪圈顶上、整个院子里全铺上了厚厚的白白的雪。因为是刚下的新雪，还没有开始融化冻结，所以那积雪白砂糖似的又厚又暄又松又软。随手一拂，门前台阶上整齐地脱落一层；再一拂，又落掉一层；连拂几次，就见到原来石板铺成的台阶，而台阶竟然还是干干爽爽的，只是洁净了许多。

每当这时，虽然肚子里储存的诗文不多，也并不解古人赏雪爱雪的风情，但也不舍得就扫，经常会用自己的方式“品味”一番。

老话讲“下雪不冷，化雪冷”，自有道理。站在房门口，傻呵呵地望着眼前一整个雪的天地，确是“天地一笼统，井上黑窟窿”的意境。兴致上来，就走到刚刚拂净的台阶上，倒拿起扫地用的笤帚，在左近的积雪上，写下刚背过的“梅须逊雪三分白，雪却输梅一段香”“北风卷地白草折，胡天八月即飞雪”等诗句。

“吱扭”一声，父亲推开房门，抱起门前扫帚，从堂屋门前到大门口，用力地拥扫出一条窄窄的分明的走道，然后又从大门处到侧屋、猪圈等门口。一看时间，我也该去早读了，就背起书包，拿过笤帚，从自己门口用力撅扫着迎向父亲。由于力气弱、笤帚小、雪太厚，一不小心就把笤帚把撅折了。

上学路上，三三两两的学生趔趄地走着，深一脚浅一脚；一不留神，有人就踩在了雪窝里，整条腿都陷了进去；同行的人在旁边哈哈笑成一片，却并不急于“施救”；这边还未挣扎出来，有调皮的接连扔过去几个雪球。

到了学校，老师却不安排早读，吹哨集合，吩咐各班级组织到校的学生，领取工具，到指定区域扫雪。于是校园里变得热闹了起来——扫的，除的，运的，搬的；堆雪人，打雪仗，滚雪球的……欢乐洒满整个校园，也洒满了那时关于冬天的整个记忆。

近几年，很少见到雪，盼雪的心情变得更加迫切。往往刚入冬，就盼着下雪。气象台也应景地预报“今夜有雪，出行注意”“明后天有雪，注意保暖”“本周有雨雪，气温下降”，惹得市政、交通、公安、教育甚至各家媒体全力准备，严阵以待，临了却又一一落空。渐渐地，“下雪”成了一个个的“谎言”，人们失望之余就阵阵吐槽，纷纷打趣，于是关于下雪的各种段子充斥了街头、朋友圈。

孔乙己的纠结人生

——写在鲁迅小说《孔乙己》发表100周年

1919年4月《新青年》第六卷第四号，发表了近代文学巨匠鲁迅先生所著的短篇小说《孔乙己》。2019年4月，我因一场会议住到鲁迅故居旁边的酒店——咸亨酒店。

咸亨酒店门外，立有一全身人像。人像面容清癯，胡须稀疏，着一袭长衫；侧身靠在柜上，面带笑意地回看着，右手五指却紧罩着一小碟子。四周没有任何文字介绍，然而不问便知，这就是“上大人”孔乙己了。人像神情毕肖，再加上后面酒店横挂一匾，匾上四个大字：咸亨酒店，让人恍惚穿越，声犹在耳——“不多不多！多乎哉？不多也。”

自然而然地想起读过的小说《孔乙己》。在小说里，有一段文字很精彩——“倘肯多花一文，便可以买一碟盐煮笋，或者茴香豆，做下酒物了，如果出到十几文，那就能买一样荤菜，但这些顾客，多是短衣帮，大抵没有这样阔绰。只有穿长衫的，才踱进店面隔壁的房子里，要酒要菜，慢慢地坐喝。……孔乙己是站着喝酒而穿长衫的唯一的人。”

“站着喝酒而穿长衫”，寥寥几个字，却能读出孔乙己无尽的纠结。没钱，只好站着喝酒；站着喝酒，也不能脱掉长衫。在他，长衫是自己读书人的身份象征。万般皆下品，惟有读书高。只要穿着长衫，自己的腰杆就直，却不管那破旧长衫，又脏又破，似乎十多年未洗。

小说里，他是主动给孩子们茴香豆吃的，“一人一颗”。可“孩子吃完豆，仍然不散，眼睛都望着碟子。孔乙己着了慌，伸开五指将碟子罩住”。在这里小说写得很精细——他弯腰下去说道：“不多了，我已经不多了。”直起身又看一看豆，自己摇头，又说。一系列细节描写，让我们看到了孔乙己人性深处那“善良”的一面，能看出他喜欢孩子，想给孩子们豆吃，又确实所剩无几了；而这几颗茴香豆，还真是来之不易。能想到，孔乙己用手紧紧罩着的，还有一份正纠结着的善良。

掩卷长思，“纠结”可说是孔乙己人生的主题词。他喜欢喝酒，可经济条件实在是不允许。他爱面子，很少拖欠酒钱。即便间或几次，名字被写到了粉板上，但不出一月，就会擦掉。可以想见“孔乙己”三字写在粉板上，于他是很失身份的。他总是满口之乎者也，可又连半个秀才也没能考取。他喜欢与人交谈，卖弄自己的学问，可是闲人总爱追问他的被打。他知道茴字的四种写法，却不明白为什么连小伙计都不屑学习。他谨记“君子固穷”，却忍不住去偷。有人批判他好吃懒做，受穷挨饿理所当然；在他却是宁肯挨饿受穷，也不能混同于贩夫走卒农人百姓。偷书被打，但他还要狡辩，窃不是偷，读书人的事，不能一概而论。

这让我想起，小时候听到的我们村里一个穷酸的故事。那个人曾读过几年书，并没见好的成绩，却因此而自视不凡，整日泛酸掉书袋，之乎者也。他家境不好，却瞧不上种田打工做小买卖一类的活计，所以日子过得很窘迫。一年大年初二，他要新登岳父家门。这事情，让他很纠结。他想，第一次去岳父家总得留下个好印象。多带礼品，家里条件不允许；做身新衣服，来个衣着光鲜，也无钱置办；怎么才能让岳父一家格外瞧得起自己呢？百思之后，他决定拿出自己读书人的身份。于是，留下一系列诸如“岳父大人安康”“小生这厢有礼”“安敢”“如此甚好”的笑话；气得他那庄稼户老丈人好几天过不来劲儿，婚事都差点黄了。

今天，走进咸亨酒店，一抬眼便见门内柜台上挂一白牌，牌板上赫然写着“孔乙己，欠十九文，三月六日”。唉，不知这老先生在那个世界，又会是怎样的一个纠结呢！

这么些年来，世人读《孔乙己》，其实也存着一种纠结。对孔乙己其人，大家实在看不上他的作为，却又从心底同情他的遭遇。

记朋友温涛

2021 年 2 月 16 日，正月初五，朋友温涛走了！这极不好的消息我先是从和他要好的同事那里得知，稍后又看到朋友圈里朋友们转发的他妻子的文字：“老温，走了——老温常说，走着走着花就开了。这次他走得快了一点，2021 年 2 月 16 日凌晨 2 点 30 分，他安详地走进了极乐世界。就在这一个小时之前，他还嘱咐儿子，做人懂感恩，为事有责任。这就是老温，时刻都在讲着美好的道理。……”

对此，我虽然心里一直有准备，但乍听到时还是心头一震。2 月 14 日，早 8:58，他还在我发的朋友圈后面第一时间点赞。当时，心里还一阵欣喜，看来温涛的情况还不错！过了旧历年，春天来了，一切就都会慢慢好起来的。

一

去年四月的一天，温涛的同事（我的高中同学），突然打电话来说：“温涛身体出问题了，你知道吗？”一听这话，虽感突兀，但立刻意识到问题的严重性，因为我们早已过了遇事大惊小怪的年纪。一番交谈，了解到详情——温涛查出肝病晚期，没法手术，保守治疗。电话里，作为共同的朋友，我俩唏嘘不已，感慨许久。那一刻，真正体会到了，什么叫束手无策爱莫能助有心无力；商量着，赶快去探望一下，却又顾虑重重，一者当时疫情严重，医院里人际接触管控极其严；再者，见面后说什么呢，淡定达观如他，还有什么看不透的呢？一些无益的劝慰是不是不合宜？于是相约，等他病情稍稍稳定一下，找个合适机会，再去探望。

转眼到了九月，同学来电话说，温涛身体有所好转，为了更好地将养，他独自去了青州一个安静的地方，可以去那里看他。迫不及待，我立即拉着他驱车前往。知道我们要去，一路上温涛不断地通过电话、微信给我们导航，并提示哪里是岔路口、哪里在修路，那种把朋友的事儿始终放在心上的劲儿，一点儿没变。见了面，他还是素常的神情，脸上挂着淡淡的笑，眼神里隐隐的是对周围物事时时的关心；身体变化也不大，没见瘦；只是在陪着我们走动多了后，气力显得不够。那一天，我们聊了很多，依然是社会人生家庭朋友工作身体书法写作，无所不谈。其间，温涛不见忧戚，没有不舍，多次谈到儿子的升学幸运以及对朋友关心的感激。而且，他表现得依然很健谈，只是语调更加沉稳，语气更加淡定。整个气氛，轻松从容，没有感伤，没有压抑。他还端出相机，很认真地给我俩拍照。

当时，我很庆幸有那次青州之行，更为他有着良好的心态、良好的身体状况而兴奋。回来后的当天夜里，我夜不能寐，半夜里在朋友圈发文作记——“日前，好友身体‘小恙’，特意躲到云门山下一僻静所在，以享清净。作为损友，见如此可以大肆聒噪机会，岂肯放过，于是驱车前往。一番絮叨下来，心清气爽，老怀大慰，于是打油以记之——探友云门里，观礼广福寺。风轻蝉声远，阶净云路深。门掩世间客，窗纳青翠竹。夜阑一炉香，明心三世秋。”

二

我和温涛相识是经了在《齐鲁晚报》工作的高中同学的介绍。大约在 2006 年，温涛开始跑教育口，我恰好负责学校宣传。一来二去，就彼此熟了。通过几次接触，我发现他不仅没有省报记者的架子，而且还很善解人意，总能替对方着想；而且看问题很有见地，视角也独特，又很能写。他的几篇颇有影响力的报道，对学校发展助力很大。后来，其他几家单位通过我找他帮忙，他也不推辞，总是挤出时间，总是全力以赴，每次都让对方很感动，而他却表现得很淡然，总是嘴角上扬，微微笑着，总是一副“不就应该这样吗”的样子。

写作外，温涛还热爱摄影。几次出游，他总是身背相机，见到美景后，他会照个没完。不断变换角度，不断变换距离，还拿出各种姿势。我总是调侃他瞎认真且姿势“难看”，他却不以为意。事后，他都会第一时间把照片传给我，我就总为他作品的高水准所惊诧。接触久了，我就在想，是因为他经常通过镜头去找寻发现美好，才默化他有了一颗善良温柔的心；还是因为他本性善良淳朴，才驱使他时时处处用美的眼睛关注着身边世间呢？

一次我俩爬山，他说当下的一切，都是最好的安排！听着很佛系，可看他迎着晨阳，在山坡林间跋涉着，步伐踏实而坚定，又能很清晰地感受到他胸中蓄积着的那份面对生活的满满的热量。这也侧面说明，为什么在日常他总给人淡然从容与世无争波澜不惊的样子；然而面对身边的他所关心的人与事时，他又总表现出十足的细心周到真诚热情，有时候还固执地带着点较真儿。

在知道我儿子在练习书法后，再见面，他就总是略显随意地从包里拿出一方砚台或几支湖笔或一把写有他的书法作品的纸扇，并叮嘱小孩子学书法，还得在临帖上下功夫。看我漫不经心，他就瞪圆眼睛郑重地说："坏毛病养成了，再改就费劲了！"

有一次，他从包里掏出来一大包花生，边递给我，边认真地说："我刚从老家带回来的，是临来前老妈亲自炒的。"接过来的刹那，我内心立刻被一股暖流充满了。我知道他深爱着他的母亲，他把母亲带给他的好东西，真诚地分享给朋友，更是在深切地表达着他对母亲的爱。

2014 年起，我陆续在晚报上发表了几篇散文，而每次文章见报，他总是第一时间告诉我，并很夸张地向我强调版面位置安排得如何重要，稍后又很不客气地给我指出要改进的地方。不久，又鼓励我结集出版。2018 年，我的新书《突然懂了》正式出版，我毫不客气却很郑重地请他写篇评论。他欣然命笔，洋洋洒洒一大篇："……自称南山农夫的爱君，把业余的写作，比做了自己的'二亩地'，记记心头所想，发发思古幽情，谈点人生感悟，一蓑烟雨，浅行垄上。……其实我们俩相似：骨子里都是村里的农民。"现在想来，温涛和我的确有很多相似的地方，这大概是我俩比较能谈得来的原因吧；而且我在写作方面能有点进步，他也起了很大作用的。

三

他在给我写的评论文章中，说我俩有相似的地方，也许正是因为有了这些相似的地方，才使我俩走得较近。除了都喜欢写点文字、喜欢读书、喜欢爬山外；更主要的是，都来自农村，都眷恋着故土的山水；对生活在老家的父母兄弟亲人都充满了浓浓的爱与深深的牵挂。

其实，在这些方面温涛表现得比我更甚，做得也比我更到位更细致。

翻看他的文字，常见到他的老弟、他的舅母、家乡的炊烟、家乡的鸟巢、弟弟种的苹果柿子、母亲种的花生红薯等；他反复絮叨“故乡得回去，故乡有亲戚”“莫道故乡消息断，落花流水满前溪”……

朋友们都知道，他更挂念他的父母妻儿。

——“今日是老妈生日。去年此时临时起意回家给她过了个生日，老妈很开心，还想着今后每年老妈生日都能回去。这次出院后有些疲乏，人也瘦了一点。考虑了一下，决定不回去了，让弟弟买点好吃的和蛋糕给老妈简单过一下。想想人生总有这样的遗憾和不得已。‘见面怜清瘦，呼儿问苦辛。低回愧人子，不敢叹风尘。’愿老妈安康，愿天下父母都能离苦得乐！”魂归故里，此一刻，趴在母亲的胸口上，他的灵魂可以安歇了！

——“今天办了件大事，老婆大人自带理发工具，为病床上的我理了人生第一次光头，清清爽爽，迎接2021年的到来。摄影：中国著名理发师Mrs刘。”“老婆大人”看似玩笑诙谐，但我还是能深深地体会到他内心里对爱妻那份沉甸甸的爱与敬的，当然还有不舍与依赖。

——“今天小朋友又来医院陪我一天，端水端尿，帮妈妈分担，抽空还要写作业。感觉他一下子长大了。”记得每次见面，他都给我絮叨“小温同学”的琐事。怜儿亦丈夫！放心吧，爱与善都是优良的种子，既已种下，就会生根发芽；人生虽有风雨，小温同学既“温”且“刚”，定会茁壮成长。

四

朋友眼里，温涛是个很难找到缺点的人，不抽烟，不喝酒，不讲吃，不讲穿，不重形式，简单朴实；喜欢读书，喜欢书法，喜欢写作，喜欢摄影，真心助人，热心公益。他的好朋友说：“温涛配得上‘谦谦君子，温润如玉’的评价”。这个说法很准确。生活中，他就像一块质地上乘的美玉，总是给人以温煦和亲热的感觉，总在悄悄地感化影响着周围。“高山仰止，景行行止”，久而久之，这样的人朋友自然就多。

温涛的离去给朋友们带来了无尽的不舍与痛惜，而朋友们的那些发自内心的沉痛表述，又反衬出他在短暂的生命里给朋友们留下了无尽的记忆与念想。

——“翻旧年朋友圈，翻出老温题扇的记录。我与好友小蓓各求一扇，一曰无事，一曰放下。无事，放下，属当时偶得，今日品来另有深意。当日题扇赠扇，相约一起吃面，一路谈笑犹在耳边。不过三载，已是世事两茫茫，不觉怅然。”

“想起腊月二十五最后一次见他，眼睛很大很亮，依然是淡淡笑着，侃侃而谈，仿佛年后照旧会在办公室再见。”

——“昨晚梦见温老师托我给他的汽车加油，给了我一个油桶子，我去加油站加油，怎么也付不上钱，着急了一晚上，温老师还等着我呢。”

——“中午看到了消息，觉得心里很堵。以前每次我发朋友圈，如果有身体不好或者有对孩子焦虑的只言片语，他都会私信我，给支招、给开解。他让我把教育心得写下来，我拖了三年才动手；他说我们得约着坐坐好好聊聊，我总觉得来日方长……这么好的大哥，怎么就走了呢？”

……

一位与他素未谋面的资深媒体人，在听到他生病后，特意手抄了唐元稹的《咏廿四气诗》，并郑重写下“我爱与这世界的肝胆相照”，表达了她对温涛“安静地写”“安静地生活”的敬慕；在听到温涛离去后，她把和朋友交流的截图发给我，表达了她深深的遗憾与伤痛。这是种怎样的友情？这就是传说中的知己吧——“可以放心地与这个世界肝胆相照，是多么幸运的人生”，那朋友深深地感喟道。

五

朋友是一种很复杂的人际交往关系，它的表现形式丰富多样。温涛生病以来，牵扯了很多人的关心关注，有多次前往探视的，有一直跑前跑后的，也有悄悄关心默默祈祷的。这里面有他的亲人，有他的挚友，有他的领导、同事；更多的，还有一些他未曾谋面的，或认识他而他不认识的朋友。

而我，也在用自己的方式时时惦念着他——立春前一天，一大早我在朋友圈里写道：“今年，特别盼着春天早来。早醒，看到日历已是2月2日，心里就一喜：明天就立春了！大明湖、五龙潭、趵突泉，以及护城河边的玉兰花该含苞了吧，那是朋友特喜欢的。千佛山后面的蜡梅是早就开了的，那也是朋友特喜欢的。

朋友有一双爱美的眼，又有一颗极易感知美的心；这一点，我很清楚，又让我很踌躇。朋友病了近一年了。昨天，和他更为相熟的朋友说，一切还好。可是今晨，当这分明的春的气息弥满了整个南窗时，我的思绪还是不可遏止如潮涌动着——

玉兰花开了呢

迎春花也开了

我整理好了出门的衣衫
却
没人和我一同奔赴春天。”

温涛的同事兼好朋友——《齐鲁晚报》的吉祥老师曾在朋友圈里分享道——“温温恭人的温温老师，看图片又瘦了些，原来他胖，低头斜眼看人的时候，有点像陈丹青，温和的时候也有点像梁文道，这俩人跟温温老师一样都是文化人，有名则有名，但是胶东话说得铁定不如温温老师好。保重身体，生活开了个玩笑，愿温温老师报之以歌。”

温涛走了好几天了，我总以为那是温涛和生活一起给我和大家开了个玩笑。但我坚信，无论是在哪里或是遇到怎样的状况，温涛都将会“报之以歌”的！

附

怀远——温涛写给我的文字

2018年，散文集《突然懂了》出版后，我第一时间给温涛等朋友送了过去，并老实不客气地给他下任务；他也当仁不让地欣然命笔。于是，就有了下面的文字——《怀远》。

刘爱君新书刚出炉，就大老远地先给我们几个哥们送来了。

我们毫不客气地让他签名留念，他也郑重其事地大笔一挥，字写得很大，放得很开。然后笑呵呵地说：多亏了咱这帮老弟兄们……这句话，也是他的口头禅，浓浓的济南味。

书带着墨香，清新的封面上写着《突然懂了》。

说实话，我们都发自内心地替他高兴，没想到他真的把写书这件需要毅力且容易不讨好的事情给办成了。

说起来，我跟爱君得有十多年的交情了。那时候，他是城区一所高中的语文教师，兼着学校的办公室主任，负责宣传。学校不大，用他的话形容——逼仄，而且基础薄弱。那几年我正好跑教育，杜郎口中学的课改经验正流行，当时他们学校也借鉴了，推出课堂改革，也算是改变薄弱现状的奋力一搏。

因为报道学校的课改，一来二去，就跟爱君熟悉了，而且他还跟我同事老董是同学，关系自然又近了一层，成了很好的朋友。有时候见面，他也会在谈笑间倾倒一下心中的块垒。不过世事难料，当时学校的课改虽轰动一时，但前两年学校并入了他校，爱君的工作也有了变化。他在新书《风雨中的紫藤》中，还感慨了一番学校的物是人非，毕竟他有近二十年的青春奉献在了那里。

爱君脸庞黝黑，属于长得有点着急的那种，从我认识他到现在，容貌也没有多少变化。性格温和待人热情，喜欢交际，朋友也多，经常一不小心就喝多了，见面时经常嘴里带着酒气。他也知道自己的缺点，我们几个有时会说喝酒误事，不顾及面子地刺挠他。他好像也不介意，总是呵呵一笑，说自己要改正，不能老给人一种吊儿郎当的感觉，当打哈哈就过去了。

爱君老家在济南南部山区，他在朋友圈的昵称就叫南山农夫，好像整个南山都是他的地盘。因为地儿熟，且这里朋友也多，我和老董就跟着他去蟠龙山、淌豆寺、捎近村等好几个地方游玩过，哪里他都能说道说道。

他最津津乐道的是捎近村村头的那棵降龙木，据说是全国仅存的活株，当地百姓拿着当宝贝。记得他带我们去看的时候，春寒料峭，树还没发芽。爱君如数家珍地给我们讲树的故事、传说，还说等树开了花，要再带我们去，边玩边吃边逛，算是留了念想。

其实我们知道他学中文的内秀，虽然表面大大咧咧，但偶尔也会舞文弄墨，写一点文字，甚至是诗句。有一次爬蟠龙山的时候，我们就鼓动他：你对南山这么熟悉，文笔又不错，完全可以写点东西，报纸上发发也很好啊，也改变一下你给大家留下的爱喝酒爱晃荡的不良印象……然后我们又不怀好意地笑。

没想到爱君当真了。从那以后，就陆陆续续在报端见到他的文字，反正带我们去过的地方，他都写了个遍。文字平实，娓娓道来，每篇我都是从头到尾地看完，感觉他对南山的一草一木是真熟悉真有感情。

比如淌豆寺那棵千年银杏，爱君就对其怀有特殊的感情。因为上高中时周末骑车回家，“远远看到这棵矗立在山坳里的大树，就知道离家不远了，仿佛看到了在家门口石凳上坐等的母亲”。在他的意识里，这棵树是与家关联着的。

让他念念不忘的还有一棵老槐树，那是母亲的老槐树，也是母亲的“患难之交”，因为在艰难的岁月里，他的母亲总会在槐花开的时节，自己爬上树去，摘了槐花，想着法为全家人做成吃的。

“如果正逢槐花盛开，我就背靠在它粗大的树干上，满心里是母亲那如绽放了的槐蕊般的笑。”老母亲不在了，槐花香里有爱君深深的思念和乡情，看到我也为之心酸。

其实我更喜欢他笔下的人物：会做豆腐、烤辣椒堪称一绝的父亲；脾气执拗爱管事却极孝顺的大姑；看着人家鞭打公牛抢下了鞭子、后来走失后又被送回村的哑巴刘五十；擅长打兔子最终却因打兔子时枪走火自伤的老金；还有那个眼睛会笑却患病离世的女学生……个个性格鲜明，看着看着，我就想：亲人之外的那些传奇故事，他是怎么挖来的？他大大咧咧的性格里，竟然还蕴藏着这么多且真且细且醇的乡情、友情、师生情。

自称南山农夫的爱君，把业余的写作，比做了自己的“二亩地”，记记心头所想，发发思古幽情，谈点人生感悟，一蓑烟雨，浅行垄上。他自评：不乏牢骚之语，多属情真之声。其实我们俩相似：骨子里都是村里的农民。

有朋友问他，书名叫“突然懂了”，是懂了啥？

爱君笑而不语。年过不惑，人生很多事都会渐渐看得明白。至于懂了啥，我想，他质朴的字里行间，应该有答案。

记我的表弟

去年六月的某一天，我正在家吃晚饭，突然接到表弟好朋友的一个电话。那朋友是表弟的中专同学又和他原是同一个工厂的师兄弟，因了表弟的缘故，和我也一向很熟悉很亲近。电话里朋友语气怪异而急切地说：“哥，阿峰走了——”“走了？去哪儿了？”“哥，阿峰没了——”“没了？什么意思？”那一会儿，感觉自己的脑回路格外长，反应异常迟钝，和朋友的对话完全不在一个频道上。过了好大一会儿，我才觉察出了不正常。这，也太出乎意外了，不可能啊？因为差不多就在一个小时前，我还在想，“我那兄弟这个星期怎么没来电话，也没来找我呢？嗯，明天或后天就该来了。”

这一两年，我已经习惯了表弟来找我，有事儿说事儿，没事儿聊天；有时半天，有时十几分钟；差不多每周见面两三次，至少一次。说实在的，有时候，我正忙，就应付他两句，该忙什么继续忙什么；他也不以为意，几句话就走，或者自己喝几杯茶。有时候，我就想这样也好，人到中年，除了家人外，还有一个关系很近的兄弟，也算人生一大幸事。就像鲁迅先生在《为了忘却的记念》里写到的——“也有一个惟一的不但敢于随便谈笑，而且还敢于托他办点私事的人”。表弟阿峰恰恰是一个这样的人。

究其实，阿峰并不是我的亲表弟，他母亲娘家和我母亲娘家是邻居，两家关系和睦，我母亲和他母亲自小一起长大，一直姐妹相称。出嫁后，我们两家又前后街住着，所以就走得比较近，两家的孩子就互相称呼对方的父母姨父、姨，久而久之，外人就错以为我们是姨表亲。因为两家始终相睦相亲，所以也不加解释。阿峰比我小两岁，一直喊我表哥。

众所周知，人和人相互信任亲近，很多时候并不是件容易事，即便是亲兄弟，很多时候也很难做到。说来也怪，我和他很特殊。阿峰和我在30岁以前，交集并不多；说起来我和他二哥是同班同学，那个时代，家家孩子多；所以虽只差了两岁，小学、初中、高中以及工作生活，就极可能不是一个“朋友圈”的了。

有一次酒后闲聊，我问阿峰：“表弟，咱哥俩怎么一来二往就走近了的呢？”阿峰半带醉意半开玩笑地说：“哥，兄弟从小就很崇拜你啊！在咱们村里，邻居们都夸你学习好，懂事儿，家里大人都让自家孩子和你学；可我更佩服你的是文武双修。”“啊，不会吧，我怎么不记得还有这情况。”表弟一脸认真地说：“这是真事儿。哥，上初一的时候，有一阵儿我经常下午放学后，跑到你家西墙边，扒着墙头，看你在院子里背书打拳。”他这一说，让我想起来，在上初三的时候，武打电影正热，撩拨得家家男孩子伸拳踢腿，做着大侠梦；我也赶时髦，找了拳书照着比划了两天。说来惭愧，很快我就过了热乎劲儿，书也不知道丢到哪里了；可表弟却上了心，并学有所成。

说到这里，有必要对表弟做一个大体介绍。阿峰初中毕业后，考取了技校（学习成绩尚可），技校毕业后分到一家大型国企当了正式工人，有技术，有保障，在当时是很体面的。表弟身形瘦削，个头不高，相貌平平；俗话说“人不可貌相”，后来的发展证明表弟是一个有思想有见地又有追求的人。

按他的说法，受我影响他自小喜欢上了武术。可他坚持了下来，并且学有所成。从与他的无数次交流中，约略了解到，他从初中开始，逐步由喜欢到走上习武之路。他先是拜师学习八极拳，又精研太极拳，后来又两者兼修。在学武上，他刻苦开放，坚持学多家之长，兼容并蓄。他多次向我描述他的学功心得，有时候现身说法，给我演示他的功法情况以及气息变化。后来，和他朋友圈里的人接触多了，从他各个层面那些师兄弟对他的态度和评价上，能看出他还是颇有成就的。这一点，从他其中的一个老师那里也能得到印证。因为我俩都好交朋友，所以平时也交叉着参加彼此的朋友场。时间一长，我和他一个太极拳的老师处得很好，从老师那里能听出对他的评价还是很高的。据说，他还在两个拳种省级协会里担任着某种职务。这些说明，表弟是一个有韧性有毅力的人，是一个能几十年坚持并努力把一件事做好的人。事因难能往往可贵！这一点，常常令我心生惭愧。

表弟为人很热诚，很善良，热心帮助朋友。平日里，常常见他为朋友的事情操心忙碌应酬。孩子入托上学转学参军就业；老人看病住院养老搬家祝寿；朋友买房买车干工程做生意，甚至处理交通事故邻里纠纷……很多时候，见他为了朋友而请托朋友，到处花费还欠人情，我就有些生他的气；可时间长了，也就接受了，明白他既然是我的好兄弟，自然也该是别人的好兄弟。只是难为他，在做这些事时，既要周到，还要得体；还好，大多数情况下，他都能做到令人满意，也真不易啊！

有句俗话，“世间事不如意者十之八九”。生活中还有一个怪状，就是一个人任他再是八面玲珑左右逢源，很多情况下，在他面对自身的时候，往往显得无能为力，捉襟见肘，破绽百出。表弟就是这种情形。生活中，在家庭里他是最小的男孩，能感觉到他操心最多。哥哥妹妹嫂子外甥侄子，各种琐事不一而足；让他最挂心的还有老母亲，表弟很孝顺，所以在这些方面他是殚精竭虑竭尽所能；可很多时候，并不能令大家都满意，所以他就时有委屈。一个人的精力精神毕竟有限，面对自己的小家时，他就不够专心细心。时间一长，矛盾积累多了久了，难免地会产生一些负面的情绪，以致麻烦丛生；久之就埋下了祸患。

表弟书念得不多，但很喜欢和有文化的人交流。经常听他说，又认识了某著名画家、书法家；或者参加了某人举办的大型文化活动，听到了某种高论。他很相信我，一有这种情况，就跑来和我分享，对我学说。他的口头禅，“见高人不能交臂失之”。

2018 年 4 月，我的散文集刚刚印出，他就第一时间跑到出版社买了一大宗，先送给我，又送给他所接触到的朋友，并张罗着给朋友们要签名，那高兴劲儿，完全发自心底，让我心生莫大感动。联想到他多年来和自己的贴心贴肺，在心里我默默地把他当成了自己一生的好弟弟！阿峰更是如此。2019 年，老家安置房回迁，采取抓阄方法选号分房。我前一天抓号，抓到了某号楼某单元 602，他第二天抓，因为他的房型特殊，他要从我的楼号两个单元里抓一个房号。第二天早上，刚六点，微信连响，打开一看，就看到他发过来的房号签，以及语音留言——“哥，看了你的房号，我就决定抓到你的单元里，抓了个 701；太理想了，梦想达成！这样后半生，又能和你在一起了！……”

后来这一年多，表弟和我接触依然次数很多，基本保持着每周至少一次的频率。有时带朋友来，有时自己来，还多次晚上九点多才过来。一看就是酒后，这多少让我有点不快，因为我知道他酒量不大，而且由于性格的原因，他沾点酒就容易情绪化。本想着，找个机会，坐下和他聊聊；因为是多年的兄弟，我能感觉到他遇到了一些不快。

起初，我以为他是生意上遇到了难题，所以并没有很在意。一者，这两年大家都不是很好干，他原来的工厂下马了，可他脑子灵活，出来得早，做到了提前谋划，所以他干得还算是有声有色的；再者，做生意有起有落，有高有低，也属正常；还有，我也帮不上有实际意义的忙。只是后来，隐隐约约地听到，他家庭内部好像出了点问题，这让我到底有些不放心。现在想来，表弟后面的几次匆匆而来，心事重重而又欲言即止，应该就与这些事有关。直到现在，我才明白，生活中他太在乎要让我看到他的成功了；他总希望让我看到他理想的一面！然而，现在回想，我才体会到他当时的挣扎与无奈。后来的几次交谈中，他和我交流起了神学道学，经常谈起一些玄而又玄的事和理论，想和他深入聊聊，又知道一时半会儿，也和他掰扯不清楚，就琢磨着留待日后，慢慢再和他沟通。谁知道，其时他那是在尝试着淡化和转移自己的焦虑与不安。

去年六月的那个晚上，接到朋友的电话，我始终不信，也坚决不认可那个兄弟说的事实，我当然很相信那个兄弟。可是接着就又有朋友打来电话，告诉了我同样的事儿。如今，即便时间过去半年多了，我内心里依然没有接受这个事实。无论如何想不到也理不清，这么聪明机智的人怎么会倒在家庭变故上呢？这么热诚善良的朋友怎么突兀地就离开众多喜欢他的师傅师兄弟以及朋友呢？而我一下子就见不到那个言辞恳切地说着“要好好伴随我后半生”“每次酒后先送你回家然后上七楼”的兄弟了。

我自然参加了他的葬礼。可说来可笑，整个过程我一点儿没有悲伤，全程情绪很平静，似乎在参加另一个与己关联不多的人的葬礼。

甚至，有几次恍惚中他就在旁边陪着我，还提醒我去和相熟的人打招呼。可奇怪哉！

表弟很喜欢我的文字。近两年，微信很时兴，几乎一夜间成了热度最高的社交媒体。我也赶时髦凑热闹，每次有所感慨，也发发朋友圈，表弟几乎每次都是第一个点赞、转发，有时还借着所受的启发也附和两句，并乐此不疲。人事无常，谁料，他竟猝然远去。我知道，他的那些和我相熟的朋友们，一定在等着我为表弟写点什么。我也觉着极有必要。尽管万般不相信，可事实就在眼前；于是当晚，我一边回想着和表弟的交往，一边踌躇着写下了两首短诗，题目定为《兄弟大行，临别有记》——

其一

兄弟远去，痛失臂膊。
言笑晏晏，如在身左。
思而不见，可与谁说。
奈何奈何，无计奈何。

其二

人去如灯灭，撮灰寄山阿。
佛道无良益，豪侠不足多。
忍能强心力，事事多所涉。
心善情亦真，奈何气息遏。

可怜有老母，发白泪婆娑。
儿少未更事，气稚体尚弱。
猝去哪堪计，魂归无所托。

他年月明夜，松柏久呜咽。

应景性的两首短诗，能有多大意义？充其量，在他是我的一份并不算沉痛的纪念；在我则是对自己的一个郑重的提醒！

我知道，靠这两首短诗来记取表弟和我的交往，那是远远不够的！古人云：长歌方能当哭，而表弟也是值得我为之长歌的！可一时半会儿，我又怎能静下心来很快地写就呢？况且，让我完全接受他真正离开我了这个事实，还不知道需要多长时间呢！

东坡欺鬼

苏轼《艾子杂说》里，有一篇《鬼怕恶人》的故事。说：山前一庙，庙前一河。夏日水涨，艾子无法得过。他瞅见庙里佛殿上的大王塑像很高大，于是上前扳倒，抱起，搭在河岸上，履之而过。后面，又来一人，看到高大威武的大王塑像，倒卧在河上，背上还有清晰的泥污脚印，连呼“罪过，罪过”。赶忙上前，扶起，擦拭，又搬到拜台上，并跪拜才去。

晚上，鬼王开会。小鬼们纷纷扰扰，吵着要惩罚艾子。“这还了得，以后还怎么在这片混了。得弄出点动静来，要不，香火钱都无法保证了！”

只见大王深思一番，说道：“今夜，你们就去收拾那个把我搬回来的人去。要造个大声势。”

众小鬼懵晕一片。大王高深莫测地说道：“艾子，根本不怕咱，你怎么能吓到他。”

这故事很有琢磨头。世上到底有没有神仙鬼怪呢？如有，人又怎么可以不怕鬼呢？北宋那个时代的人们是普遍信其有的。然而，不知仗了什么？有的人却不怕鬼。就苏东坡本人来说，他不仅不怕鬼怪，反而经常欺负鬼怪。

一次，他从凤翔离任回京都。路上经过一座小山，路过山神庙时，一个侍从忽然眼神发直，胡言乱语。一会儿，又一件一件往下扒脱衣服，直到脱了个精光。东坡让人给他穿上衣服，并捆绑起来，可是那人的衣服还是自动掉下来。有人就说，这人中邪了，一定是触怒了山神。于是，东坡走进庙里，拜了一拜，对山神说："这个仆人就是像蚂蚁、虱子一样的小人物，能犯多大错误，不值得你如此责怪；也许是附近那些大奸大恶之徒做了坏事，山神又不敢惹，就把怒火发到一个小卒子身上，这怎么能行呢？"

祷告完毕，出庙，继续前行。刚一上路，一阵山风扑面而来，飞沙走石，天昏地暗。众仆从说："山神爷又发怒了，赶紧避避，再想办法吧。"苏轼却说："不用理他。我受命于天，山神能奈我何？他愿发怒，就由他发怒。跟我继续往前走。"也怪，东坡顶着风沙，大步走了一会儿，风停尘落，那个侍从也逐渐清醒了。

还有一则，发生在东坡家里。他在京师做高官时，一天他的二儿媳（欧阳修的孙女）产后中邪了。儿媳妇操着一个老太太的声音，向大家发话："我叫王清，我在这一带做鬼多年了。你们是大户人家，要好好侍候我。"如是多次，家人都惶恐害怕。苏轼听说后，就对那鬼说："如果你是鬼，就快快离开，京城里有很多捉鬼的道士，把他们请来，你会很惨。"那鬼又哀求说："学士您有大学问，懂佛经，能否看在我有冤、又年老可怜的分上，帮帮我呢？我不会欺负你儿媳妇的。"苏轼答应了，女鬼道谢离开，儿媳妇恢复清醒。

第二天，苏轼抄了篇佛经，焚烧，那女鬼再也没来过。此后不久，苏轼家里再次闹鬼。他的小孙子，总说看到一个又黑又瘦穿一身黑的人在屋子各个角落里乱跑。后来，一个奶妈又突然晕厥，闭着眼，躺在地上，又哭又笑，又喊又叫，家人赶快把东坡喊来。

那鬼见到东坡，就冲着东坡大喊："我是鬼，穿着黑衣服。你们看不到我，我只好扑到奶妈的身上，快给我请东城的仙姑来。"

东坡拒绝说："不，不请。"

那鬼缓和语气说："大人不请，也行。能不能写一篇祷文，为我祈祷呢？"

东坡说："不写。"

鬼又降低要求，东坡还是拒绝。又请求，只要给他烧点香纸就走，东坡还是不答应。最后，鬼说只要一杯水就离开。东坡吩咐家人端来一杯水，那鬼喝完后，奶妈一下跌倒在地上，不久恢复了知觉。自此，东坡家里再没闹过鬼。都说那些鬼怪，因害怕东坡，都远远避开了。

《聊斋志异》上，也有一个类似的故事。说一赶考书生，无钱住店，就住进一间传说闹鬼的破庙里。晚上，果然妖风大作，书生想，反正今晚无处休息了，怎么着也得住在这里，不能被鬼吓住。于是掏出包裹里的笔墨，在自己脸上乱抹一气，然后披散开头发。等着鬼来到窗前时，猛地打开窗子，将头伸出。外面的鬼怪，猝不及防，吓得大叫一声，狂奔而逃。

读这几则小故事，有一个感慨。古人生活在科学不昌明的年代，对"怪、力、乱、神"的问题认识不清，情有可原。那么，我们现代人生活在天地间，几十年里，谁都可能会遇到些怪异不经的或者说违情乱心的人、事，怎么办？如何面对？首先，不要被外在的人、事左右，不能乱了做人的分寸，要保持做人的原则。孟子曰："我善养吾浩然之气"，"至大至刚，以直养而无害"，只要坚守心中正气，堂堂正正，大道直行，就能踏踏实实、平平安安，一往而无前。

被风感动

人总在不经意间被一些看似简单的人或事莫名地打动，刹那间，心中最深最软的地方就那么轻轻地暖了一下，似春风拂过琴弦，如夏露滴落荷叶。

一天中午，我在校门口值班，看到一个中年妇女坐在传达室门口的椅子上，手里提着个红色的手提袋，脸上很疲惫的样子。那本是我的座儿，看她走了远路的样子，先让她坐吧。

学生下课的铃声还未响，中年妇女两眼紧盯着教学楼的方向。也许走得急，那妇女两颊有点泛红，不长的头发略显零乱，眼神里却透着一股热切和兴奋，看样子应该是村镇上来的。现在不是农忙的时候，这是抽空来给上学的孩子送钱物了。

我上高中时，也住校。高三那年，两周回一次家，母亲就每逢第一个周末，蒸好馒头、大包子，炒好咸菜，托同村低年级的学生捎到学校。每当拿到母亲亲手做的饭菜，我立刻就和同学们大快朵颐。后来，我才知道，母亲为了不耽误农活，总是夜里给我准备这些，而且还要一大早送到返校的同学家里。好多次，去早了，就坐在人家大门口等着，总害怕捎不上。看着那中年妇女，我想起了我那不会看钟表且缠着一双小脚的母亲，想象着她抱着大大的热乎乎装满食物的包裹，急匆匆地走在坑洼不平的村街上。忍不住，我眼睛一阵发潮。

“老师，高三的几点下课啊？”“快了，一会儿。”“那就好，本想早点来，可家里种的樱桃熟了，得赶快抢摘。”转过身，她在和学校里的传达员问答着。

一会儿，下课铃响了，那妇女立刻站了起来，还不忘把挽起的袖子捋下来，抻平，又摸了一下嘴角。眼里弥满了慈爱，先前的疲惫焦虑不见丝毫痕迹。

一下课，教室门纷纷打开，各年级的学生呼啦啦散满校园的各个角落，像一群鱼儿游走在池塘里；刚才还很寂静的校园，一下子热闹起来。

那妇女一双热烈的目光急切地找寻着。接下来的情景，可以想见。质朴简单的话语、亲近热络的神情，会洋溢成一片，漾满校园。我带着过来人的神情，移步走开，嘴角上略显痕迹地带着点笑。

一阵清风吹过，从校园里那棵高大的合欢树那儿飘来了一阵浓郁的芳香。刹那间，我竟被这风感动了呢！

花香，草绿，树木茁壮成长，谁能离得开风的轻拂？春夏秋冬里，哪一刻少得了风的陪伴、呵护、劝慰、教导？

一回头，那中年妇女正走出校门，脚步轻盈而爽利，跳动着，格外带劲的样子。是啊，此一刻，她的心里是轻松的、满足的、幸福的。这就是一个母亲，带着对儿女拳拳的爱的母亲。

一阵清风吹拂，我的心又不经意地被暖了一下。

温柔以待

一

独步街头，一片硕大的树叶不期然飘落在肩头。分量不大不小，但感觉分明，似乎还听到了“啪”的一声，清晰、清脆。显然，这是在提醒我。自然地，心里生发出了一种在茫茫人海、匆匆过往里，似曾相识却又久违了的亲近感。停下脚步，捡拾起落叶，那清晰的叶脉里写满了春夏秋冬、风露雨雪。“生如夏花之灿烂，死如秋叶之静美。”端详着，思忖着，我知道，这是一枚老朋友般有着许多故事的落叶。我明白，地面不是你的目标，你怕尘埃辜负了你曾经骄傲的时光。我理解，虽然生命行将完结，你却要高傲地收场。这不是可悲的固执，而是可贵的自重。谢谢你，不期的落叶；谢谢你，将生命的终点站选在了我的肩头。遇上你是你我的前世缘。

二

雨，一直下。一场大雨把我困在医院一楼大堂的门厅里。听着周边医生、护士、看病的人、陪着看病的人等操着各种腔调的叽叽喳喳；想想自己刚刚经历过的——刮痧，拔罐，针灸，刺血，就一阵一阵的烦躁。

雨，仍旧下个不停。思量着，车在院里，伞在车上；跑出去，必定淋个底儿透。一会儿想，等等吧，这个年龄了怎么还没有静气；一会儿又想，与年龄何干，不愿等，就不等嘛！可是，医生有嘱咐：刚拔了罐，不能见水着凉，那如之奈何？

一瞥间，看到旁边一位长着一双可爱小眼睛的胖胖的小护士，正在探头探脑地看热闹，于她，反正还不到下班点儿。我走过去，搭讪道："美女，咱们医院有公用的伞吗？"经验告诉我，一般银行、写字楼等大的场所，在夏季，都会贴心地备有公用伞具。"没有呢，您有急事儿？""嗯，急事儿倒没有，就是不愿等。""奥，明白了，等着，我去给您找一把去。"

看着她转身走向诊室的胖胖的背影，我心里就想："你明白啥了，我自己还迷迷瞪瞪的呢！"

三

开着车，窗外深秋的树叶，红黄橙绿，诗意烂漫。莫名其妙的，竟然想起了济南的老朋友——老舍先生。于是，就有了下面的联想——"今秋，有好几次，梦里，坐在老舍先生在济南的院子里，有一搭没一搭地和他聊天。在挂满咧嘴石榴的树下，一个矮方桌，上面摆着一个粗笨茶壶，两只精致的茶碗；还有烟，有火，而他抽，我不抽；我只吃桌上散放着的落花生。石榴树近地斜伸的粗枝上，挂着学生送他的玉米秆插装成的装着两只蝈蝈的笼子，蝈蝈排好班似的，先先后后地叫着。……”

四

刚刚，睡觉；想到一句话——一群牛羊从草原上流过，放眼过去，成了一条河。急切又从容，忙碌又悠闲，生命的美，不就是这样子的吗？于是内心平静了很多。

五

一早去上班。刚出单元门，就见一对麻雀从围墙的檐头一路扑打下来。那激烈的架势，全是“不过了”才有的样子；好不容易停歇下来，还叽叽喳喳，叽叽喳喳，叽叽喳喳个不休……生活吆，如此让人着迷！

六

生活中，我敬畏每一棵大树。“我爱一棵树甚于爱一个人——贝多芬”，读到这一句话时，我竟然心生一阵难以抑制的激动。我是发自内心的爱树的，也许遗传了母亲的喜好，自小我就爱树。这一点从我不多的文章里就能找到佐证——《母亲的老槐树》《孝庄故居里的老榆树》《八棵银杏树》《泰山“五大夫松”》等。美国诗人朗费罗说：“诗是像我这样的傻瓜作的。只有上帝才能造出一棵树。”朋友，用心去爱每一棵出现在人生路上的树吧！

七

苏轼有两句写海棠的诗："江城地瘴蕃草木，只有名花苦幽独。嫣然一笑竹篱间，桃李漫山总粗俗。"江南山林多瘴气，草木繁茂，只是海棠这种名贵的花很是少见。那株竹篱间的海棠宛如女子般美好的笑容，桃花李花虽满山遍野，与之相比便粗俗得很了。上天是有深意的，特地将这株海棠撒落在山谷。于是他莫名地就喜欢上了海棠，和海棠之间还演绎了一段趣话："东坡五载黄州住，何事无言及李宜。却似西川杜工部，海棠虽好不吟诗。"这段故事细思极美。

八

夜宿灵岩。暗沉沉，黑魆魆，久违了——那种真实真切的黑夜！厚幕般的包裹下，醒了的魂灵，自然地，就有一点鬼鬼祟祟和小得意，随你去想和驰骋。无厘头地，就忆起了《陋室铭》："苔痕上阶绿，草色入帘青。谈笑有鸿儒，往来无白丁。可以调素琴，阅金经。无丝竹之乱耳，无案牍之劳形。……"还想起白天的一大堆臭大姐，自告奋勇地全都入梦来；不请而来的架势，整个是占了它们的地盘，非要理论个过来过去的模样！

九

路边，有一堵石头砌成的矮墙，很不起眼，然而等我走到近前，却被看到的景象震撼了。石墙由大大小小的乱石一层层地堆砌而成，石缝间留有一些若有若无的泥土，可怜巴巴的。可就在这石缝间的一小撮泥土上，却生长着一棵苦菜。这本司空见惯，可是就这么一棵瘦小的苦菜，在它细细弱弱的枝丫上，竟然顶着三十几朵大大小小的黄花，而且每一朵花都是那种明艳艳的黄，像一颗颗金星；每一朵花都开得那么蓬蓬勃勃、喜气洋洋。我惊诧于它们的表现，并恍然有悟：人生真的很简单，生活真的很美好！从容，自若，无雨无风，处之泰然。如有阳光，那就灿烂；如有雨露，那就生长。在每一天里，享受大好时光，绽放点滴精彩。

十

人生真正的幸福在于内心时常荡漾起一股轻柔充盈的暖流。有了这股暖流，不管是阳光灿烂还是阴霾满天，我们始终能漾起微笑；有了这股暖流，走在任何一个物欲横流的地方，我们都能不卑不亢，保持内心的祥和与平静；有了这股暖流，我们便能抵挡一切寒冷与饥饿，风再大、浪再猛，我们腰不弯，步不乱，目光穿越喧嚣与浮躁，清澈依旧。

生活，不全是温暖；人生，不全是顺境。但总有些人，能够适时感受到热情，接受到阳光；总能在疲惫挫折下，积聚起力量和希望。大抵是因为他们掌握到了“温柔以待”的法门。

读后：以文学的深情凝望心灵世界

尚启元

刘爱君的这本散文集，三十余篇文章情真意切，感人至深。全书分为“远山近水”“南窗夜咏”“温情脉脉”三个部分，不论是抒情散文，还是叙事散文，都可见智慧的哲思与感悟，字里行间透着厚重与沉实，显示出大散文的气韵。

古往今来，散文是一种“行走的文学”，好的散文是行走出来的。刘爱君的作品淋漓尽致地展现了其对于祖国大地生活以至天地景观的敏感，奏响了丰富而复杂的灵魂乐章。在《登岳阳楼记》一文中写道：“在我心里，岳阳楼是文化圣地一般的存在，到了跟前，却要交臂失之，那该是怎样的一种痛苦和遗憾！”他通过对岳阳楼的书写，表达了对传统文化的深情、热爱与致敬。

同时，作者通过对古典文辞的参照、借鉴与生新转化，成功熔铸故土与城市、传统与现代、历史与未来，创造出炽烈而丰沃的家园美学。《孝庄故居里的老榆树》中描写：“旗幡猎猎，鼓角声声，长长的送亲队伍迤逦穿行在早春清寒的草原上。虽然车厢里生着红红的没有一点烟味的焦炭炉，厚厚的彩色丝绵帐帘把车厢里所有的缝隙遮挡得严严实实，但她依然真切地感觉到了草原上四处飘荡着的料峭寒意。”语言优美流畅、清新自然、富有诗意。

《“数九”是旧俗，也是雅事》中：“人生如逆旅，杂处天地间，所经岁月注定并不全是静好。在苦寒乏味闲闷的时日里，我们还是应该努力去养成向暖、雅致、积极的心境。相信，我心一切向好，春天就在不远处。”作者运用口语化的叙事方式抒发其对自然和生活的思考，注重描绘微观的细节和感受，以表达心绪飘移、个人情思和生命体悟。

“言为心声，文如其人”。作家不仅仅是现实的旁观者，他应该与这个现实有着亲密关系。刘爱君的写作是聚焦于自我又不局限于自我生命体验的一次探寻。他来到雪野湖、锦阳关、五台山、泰山……刘爱君领受了壮阔与宽广的精神启迪。

可见，刘爱君在创作每一篇文章的过程中，都付出了艰辛的努力，因为怀着对文学的敬畏和痴迷之心，他将每一个词语、每一个句子、每一个段落都精心打磨，摆脱了旧有的陈词滥调，平实、质朴、鲜活、动人。他不光记录了人文历史，也写下了山乡巨变。

难得的是，在他的作品中，比拟并不止步于形象间的一种简单的相似关联，而是具有一定深入思考的程式，与象征性相通，难免又蕴含一些类似随笔的哲思。比如，在《五台山夜空上的“笑脸”》一文中，将月亮与笑脸、五龙王雕像关联，尤其是那句“我却时常想起那晚夜空上出现的那个笑脸；一经想起，心底就会漾起丝丝缕缕的温暖。”从追寻生活的温情出发，浸润着浓浓的人文底色，令人共鸣。

然而写作者的写作是一个与“亲历”共同存在的行动，甚至比起“亲历”，写作更考验耐心，以及写作者对这份耐心额外的承担。我想，刘爱君是很好地承担了这份耐心的写作者。

总之，看他的文字和为人，能感到一种乐观、积极和充满朝气的精神状态，作品所呈现出丰盈多姿的画面感，不凡的色彩表现与色调应用，是阅读刘爱君散文入脑的强烈印象。他对生活静态摹写，画面感强烈，语言有浓郁的抒情韵味和深刻的哲理蕴涵。

最后，用作品中的一句话与读者共勉：朋友，用心去爱每一棵出现在人生路上的树吧！

（尚启元，中国作家协会会员，山东省网络作家协会第一任秘书长，九三学社山东省委员会文化艺术专门委员会委员，九三学社山东省委员会青年工作委员会委员，山东省作家协会影视文学委员会委员等，编剧、导演。出版《大门户》《芙蓉街》《郭大刀》等文学作品）